落跑這一家

陳維鸚◎著
李月玲◎圖

名家推薦

張子樟（臺北教育大學教授）：

有些作者常在作品中提出某個現實社會中的難題，引起讀者的關切。如果問題過於棘手，作者也可能丟給讀者一同思考，看看能否找出最好的解決方法。這篇作品中的阿婆是個短暫失憶者，卻誤打誤撞拉了文中的「我」一把，解救了早已失去雙親之愛的三個孩子。這樣的故事詮釋是否能贏得讀者的認同？

故事情節有些地方似乎不合常理，但作者還是說得頭頭是道，言之有理，看不出破綻，還是值得一讀。

黃秋芳（兒童文學名家）：

經濟和階級的優劣差異，不能保證生命幸福。破碎的現實，像「過關遊戲」，一關又一關，總是有各種各樣的難題等在前方，無論老人小孩，無論貧富貴賤，無論我們的態度是掙扎求生、潔身自愛或天真純美……，想要好好過生活，就得具有「無論如何都要面對」的心靈力量，看這些人、那些人，偶然的撞擊，以及豐沛的珍惜與付出。

目錄

1 遇見謎樣怪婆婆

週末是歡樂的時刻，但我還有事要做。

這件事不能跟其他人提起，只能自己單槍匹馬獨立完成。

我會提早半小時先來觀察地形和路線，順便尋找可以隱匿的地方。我喜歡低調、不容易被察覺的位置，譬如公園灌木叢、騎樓柱子、郵筒旁，然後學貓的姿勢蹲靠在影子下，不會有人注意。

等待的同時，觀察來往人群，總是會發現一些新鮮事，尤其是週末夜晚，霓虹耀眼閃爍，轟轟車聲躁動，熱鬧氣氛渲染下，人心浮動，平常難得一見的舉止異常地多。

喝醉了的人偏偏想唱歌，沙啞聲音明明聽來像吼叫，最後還在人行道上跳起舞來；一秒鐘前如膠似漆的情侶，進了便利商店後，為了要喝不同的飲料爭吵，但下一秒站在斑馬線前又情不自禁親起嘴來；

結伴出遊的正妹突然多了起來，有時還會瞄到眼熟的臉孔，但偏偏和記憶中的模樣截然不同。

越是熱鬧的街道越是精采，但那不是我的目標，我挑選的地點會稍微偏僻一些，通常是在公園旁或是老舊社區，陰暗角落、巷弄多、人車少，就像現在這個地方，商店少，巷子狹小，長長一條街道陰陰暗暗，僅剩零星招牌發出微弱的光，除了我所關注的——便利商店。

標榜二十四小時不打烊的便利商店燈火通明，斜對角正是社區公園，我窩在商店對街的騎樓，無聊地注視著圍牆上的白貓，看牠跳下來，躡著腳，鑽進公園裡。

有個人影靜靜坐在公園灌木叢旁的長椅，動也不動，白貓輕巧躡足接近，聞了聞他的鞋邊和旁邊的背袋，又悄然離去。路燈光線微

弱，看不清人影模樣，一陣風吹來枝葉晃動，沙沙作響，聽起來有些寂涼，這種時間還在外面停留的人，若不是玩樂，應該就跟我一樣，有個難以啟齒的原因吧，不知道那人是為了什麼呢？

唉，算了，不關我的事，再怎麼猜想也不會有答案。

轉身繼續留意便利商店後門的動靜，這才是我到這裡來的目的，照以前慣例，後門五分鐘前就該打開了，今天的工讀生是太忙還是打瞌睡去了呢？

不知道是不是肚子餓的關係，全身覺得有些冷，我只好以手掌用力搓雙臂，猛吞口水，後來索性站起來跳一跳，熱熱身，然而就在這個時候，突然聽見好大一聲「碰」，商店後門被用力推開狠狠撞上牆壁又反彈回去，隨即聽見激烈爭吵的聲音。

穿著便利商店制服的工讀生姐姐，臭臉提著兩大袋垃圾出來，用力往地下扔，然後又氣呼呼地往回走。

總算等到後門開了，我深吸口氣，急忙跑去，迅速打開垃圾袋的死結，然後拚命往下挖，只要是看見能吃的麵包、餅乾、飯糰全都塞進夾克裡。今天運氣似乎不錯，過期食品一大堆，不一會兒的工夫，我的腹部高高隆起像座小山。

我既興奮又緊張，完全沒有留意從門內走出來的工讀生姐姐，她一看見我，隨即高八度尖叫。

「你做什麼！」

我立刻拔腿就跑。

跑步可是我的強項，馬尾紮有Hello Kitty髮飾、瀏海也夾了個粉紅

Kitty的嬌柔工讀生姐姐根本不是對手，我三兩下衝過對街，一溜煙鑽進公園裡。

沒有聽見追來的腳步聲，我躲在杜鵑花叢旁回頭望，發現她並沒有跟來，而是站在垃圾袋前破口大罵；唉，我覺得很抱歉，真的不是故意來搗亂，若時間能寬裕一點，我通常會在離開前，把垃圾袋整理好。

摸了摸凸起的腹部，心臟還撲通撲通跳著，但應該可以鬆口氣了吧，家裡還有人等著，我得趕快回去。一轉身準備離去，卻發現身旁不知何時冒出了個人影，是剛剛坐在長椅上的那個人嗎？我慢慢抬頭偷瞄，發現是個頭髮灰白的婆婆，她溫柔地看著我：「阿凱，你來了呀，等你很久了。」

阿凱？是在叫我嗎？

怪婆婆對我笑，彎腰靠近，毫無防備的我嚇到了，她一伸出手，我下意識直覺跳開，由於太過慌張，重心不穩，屁股重重跌坐在地。

「怎麼了？有沒有受傷？」

她焦急地問著，探頭查看，並細心地為我拍去身上灰塵，由於不

習慣這樣的舉動，我連忙推開她的手，趕緊站起身來。

「沒事，沒事。」

「阿凱呀，媽媽跟你說過，走路要小心點，不要像隻猴子活蹦亂跳，腿上很容易有瘀青，我看了會心疼。」

聽見「媽媽」兩個字，心底顫動了一下，原來她把我誤認成兒子。怪婆婆臉上皺紋深刻，臉頰骨都是黑斑，怎麼看都是我阿嬤輩的老人，她兒子的年紀應該都可以當我爸爸了吧，怎麼會認錯呢？我覺得有些不對勁，她怎麼了？

「走吧，阿凱，我們回家了。」

怪婆婆一把拉住我的手，抓得緊緊的，彷彿擔心我下一秒就會消失，我想掙脫，但她溫熱的掌心，給我一種奇妙的感覺。從沒被人如

此緊緊牽住，我總是那個拉著弟弟妹妹的兄長，牽著他們走過一條街又一條街。如今，角色變換，被人緊抓著，我竟有些不知所措，遲疑著該抗拒還是跟著走？

她要去哪裡啊？

我實在不忍心推開，只好任婆婆牽著走出公園，可是她卻站在路口，先是左顧右盼，經過對街，又停了下來，再度左看右看。原本只是想就當陪她走一段路好了，等她平安到達再離開也不遲，但很顯然婆婆對回家的路十分陌生。

「阿凱，我們該右轉還是左轉？」她問。

這時我才注意到婆婆神情恍惚，她該不會是在夢遊吧？還是精神錯亂產生幻覺呢？總之，無論是哪種情況，在這個節骨眼上，我沒辦法放手。

＊

於是，我帶婆婆回家。

起初是想帶她到附近的警察局，但一想到我夾克裡還有麵包和飯糰，說什麼也不能自投羅網，何況弟弟和妹妹都餓著肚子等我，所以只能帶她回家，我想就這麼一晚，不過是一個晚上，應該不會怎樣，等明天上學前再帶她去警察局也不遲。

我們走了很遠很遠的路，婆婆不斷問著「你確定是這裡嗎？」、「還要走多久？」時間越久她越慌張，尤其是回到舊公寓，爬上樓，她緊拉我的手臂，而當我把鑰匙插進大門，她不安地抓住我的肩膀。

「阿凱，你不會又偷偷溜走吧？不要丟下我一個人，你阿爸不可靠，他一張嘴最會唬爛，不能聽你阿爸的，媽媽不能沒有你。」她恐慌地說。

我倒抽一口氣，頭皮發麻，我太熟悉那種害怕絕望的感覺了，活著很孤單但又不想去死的心情，雖然不知道婆婆的故事，但那句「你阿爸不可靠」，簡直刺中我的要害。

是啊，我阿爸離開家的那一晚，我也曾經這麼哀求他。

唉，同是天涯淪落人。不知哪來的勇氣，我大概暈了頭，一時衝動反握她的手，說了根本無法兌現的承諾。

「我不會離開妳的。」我一字一字地說。

婆婆眼眶居然慢慢浮現出淚光，那一刻，我愣住了，完全沒有料

到自己的話有這樣大的威力，她緊張的神情漸漸鬆懈，像是被打了一針安定劑，面容變得安詳。

鑰匙還在我手上，聽見門外聲響的阿齡搶先將門推開。

「哥哥，麵包、麵包……」

顧不得那些眼淚，我只能先安撫阿齡。

「等等，等等，輕一點，都變形了……」

拉下外套拉鍊，被壓得有些變形的麵包、飯糰嘩啦嘩啦落下，阿齡一點也不在意，反而因為比預期還多而手足舞蹈，她兩手拿著最愛的菠蘿麵包，開心地邊唱歌邊扭起屁股來。

「哇哈哈，我愛吃麵包，哇哈哈，麵包愛我吃，哈哈哈……」

但一看見我身旁的婆婆，阿齡的笑臉立刻僵住，皺眉迷惑看著

我。

還沒能出聲解釋，婆婆一個大步穿過我身旁，一進門，便望著客廳搖頭嘆氣說：「唉呀，怎麼都亂糟糟的，月妙，妳也要幫忙收拾啊！」

咦，月妙？她是說阿齡嗎？

婆婆邊說邊開始整理起腳邊的東西，好像收到指令的機器人，動作俐落迅速，程序完美無缺。阿齡好奇想繼續追問，我做了個手勢要她別說話。原本躲在房間裡的思齊，打開房門偷偷探頭，他一臉狐疑地看著我，又看看婆婆，隨即露出不耐煩的表情。

為避免節外生枝，我趕緊推阿齡帶著麵包進去房間，輕聲地在她耳旁說：「等會兒再跟你們解釋。」

但阿齡不想，硬是站在門前抵擋不從，她兩個眼睛機靈轉著：

「她是誰？為什麼叫我月妙？」

「就說等一下再解釋了。」

「我要你現在告訴我。」

我們倆相互推來推去，我越是著急她越是得意，平常和我鬧著玩慣了，個性活潑的阿齡不停咯咯笑著，她的嬉鬧聲引起婆婆的注意。婆婆停下手邊動作，突然抬頭以命令的口吻對我們說：「現在已經很晚了，明天可是要上學啊，還不快去睡覺，萬一遲到會被老師罵。」

啊，那不是我的台詞嗎？一向都是我在催促阿齡上床睡覺，現在居然被婆婆搶走了，被人這麼當頭一喝，我竟然語塞。阿齡幸災樂禍地邊戳我手臂邊對婆婆說：「我們老師很溫柔，遲到不會罵人啦！」

婆婆大手一揮：「叫妳去睡就快去睡！不管老師會不會罵人，睡覺時間到了就該睡覺，這樣才會長高、長大，變成大人。乖，快去睡吧！」

她一直碎碎念，甚至有些嘮叨，就像媽媽一樣。

「是，遵命！」阿齡不但沒生氣，反而賣乖，佯裝聽話拉著我進房裡。

回房後，我把事情的來龍去脈告訴思齊和阿齡，他們倆的反應完全天壤之別，一個是對我翻白眼，說我是笨蛋，另一個則欣喜若狂，興奮地直說要把婆婆留下來，請她當我們的阿嬤。

我笑阿齡太天真，她卻一臉無辜問：「為什麼不可以呢？只要她同意，我們也願意，講好就行了呀！」

說真的，不能跟一個小學二年級的女生講什麼大道理，就好像當她問你芭比娃娃為什麼叫芭比的時候，最好只要回答她，那是電腦隨機選出來的，如果想進一步搞懂電腦是怎麼選的，最好先想辦法把數學考好。這招拿來對付阿齡一直很有效，數學是她的弱點，如果想讓喋喋不休的她閉上嘴巴，只要跟她提有關數字加減之類的話題，保證馬上乖巧安靜。

可是我並沒有那樣做，我沒有反駁她，也沒有繼續潑冷水，就讓阿齡嘰哩呱啦說了一堆不著邊際的夢想，譬如阿爸突然挖到金礦發財回家，把我們接到他新買的豪宅裡，有游泳池、大草坪、涼亭、假山，更棒的是我們擁有自己的房間、床鋪，不用再搶棉被了；或是中了彩券的阿爸帶我們移民到夏威夷，躺在海灘上的長椅蹺腳看藍天，冰箱裡有永遠都吃不完的飲料和冰淇淋。

阿齡一直說一直說，說到窗外惱人的引擎聲、喧鬧聲都消失，隔壁鄰居狗吠聲也平息，最後只聽見她呼嚕呼嚕的氣息和肚子裡的咕嚕咕嚕聲，我才敢放心睡去。

*

醒來的時候，房門已被打開，窸窸窣窣的聲音從外面傳來。

踏出房門，簡直不敢相信眼前所見的景象，我是在作夢嗎？

許久未打掃的客廳，之前凌亂不堪，處處可見垃圾、汙穢衣物、廢紙、發霉物品，櫥櫃裡塞滿了雜物，空氣中瀰漫著腐爛、發酸的氣味，然而如今，地板潔淨，磁磚明亮，窗明几淨，整個變得明亮起

來，像是神仙過境施展了仙術，要不怎麼可能一夜之間從垃圾堆變成了天堂？

阿齡也醒了，她邊揉著惺忪的眼睛，邊拉扯我的衣袖：「天哪，哥，發生什麼事情了？……是媽媽回來了嗎？」

「怎麼可能！」我輕輕拍了下阿齡的後腦勺：「清醒一點！」

媽媽已經離開兩年，她埋在很遠很遠的山頭上，但也難怪阿齡會這麼想，眼前這種光景也只有媽媽在世時才看過，阿爸和寶珠姑姑是不可能而且也沒有能力把家裡打掃得如此整潔。

思齊穿著拖鞋啪搭啪搭從廚房走來，早先起床的他雖然不若妹妹激動，但滿臉疑惑，半晌才擠出一句話：「誰搞的鬼？」

正當大家一頭霧水，突然響起了打呼聲，我們很快就發現窩在沙

發上熟睡的婆婆，隨即想起昨晚的事。

「原來不是一場夢啊，是她弄的吧？」阿齡指了指婆婆：「真是太好了！我就知道她是大好人，是來解救我們的！」

思齊眼角瞄了一眼，表情平靜，他打了個哈欠說：「好了，知道不是被鬼捉弄就好，上學快遲到了吧，我要先用廁所。」

「等等，我先！」阿齡連忙大叫。

兩人爭先恐後搶廁所，婆婆並沒有被吵醒，她翻了個身，又沉沉睡去，繼續傳來規律的打鼾聲。

我們各忙各的，直到準備出門，阿齡才又問我：「婆婆怎麼辦？」

注視著婆婆熟睡的臉龐，我心想她昨晚一定整理了很久，鐵定累

壞了。原本計畫一早要送婆婆去警察局，請警察送她回家，但此刻我真的不忍心叫醒她，眼看上學時間就要到了，怎麼辦呢？

「快點叫醒她吧！」思齊說。

「不要啦，讓她繼續睡，她一定是出來流浪的，要不就是被家人拋棄，很可憐耶，反正阿爸不在，也有多出的房間。」阿齡雙手合掌：「拜託啦，就讓她留下來！」

思齊非常不以為然：「妳是連續劇看太多喔，什麼流浪、拋棄的，我們天天都快吃不飽了，多一個人就多一張嘴吃飯，要拿什麼給她吃？」

「哥……總是會有辦法的……」阿齡繼續哀求說。

不是我無動於衷，現實情形是我們根本沒有選擇餘地，多一個人

就多一份負擔，思齊說的對，我們三個人都快吃不飽了，再說婆婆一點也不像流浪街友，她的衣服乾乾淨淨，整整齊齊，她一定有自己的家庭和家人，說不定他們正到處焦急找她。

我摸摸阿齡的頭，知道她的善良，雖然不忍心，但還是得跟她實話實說。

「我們先上學去吧，晚餐我會想辦法，就這麼一天，等晚上，我就帶婆婆去警察局。」我堅定地說。

2 永無止盡的難題

中午，我溜到學校廚房找阿美阿姨。

阿美阿姨是寶珠姑姑的朋友，也是我學校的廚工，姑姑沒工作時經常跟她待在一起，有時會跟著到學校幫忙打雜，然後順便帶一些午餐剩菜回來當晚餐。以前阿爸常笑說她們兩個是師公仔和神筊，交情好歸好，但阿美阿姨可不像寶珠姑姑那樣靠不住。

我家寶珠姑姑雖然已過中年，卻還活在愛情小說幻想裡，床邊擺滿租來的言情小說，天天嚷著要嫁給總裁，但真實情況是工作不穩定，積蓄被騙光；相反地，阿美阿姨卻很實際，她常說女人要有自己的收入，沒有金錢來源她晚上會睡不著，所以無論什麼樣的工作她都來者不拒。搞不懂南轅北轍的兩個人為什麼會是死黨好友，阿美阿姨常勸姑姑要腳踏實地，認命做好分內工作，可惜姑姑聽不進去，老是把她的話當耳邊風。

幾個月前，寶珠姑姑不顧大家的反對，跟一個認識不到兩個月的男人走了，她說那是她的真愛，我哪知道什麼是真愛，但阿爸說就想成是每年都會來的東北季風。好吧，就算是這樣，季風離開，寶珠姑姑也該回來了吧，結果還沒等到她回來，阿爸自己反而先落跑了。

這種時候不能談論自尊心，餓了兩天肚子後，無計可施的我只好找上阿美阿姨。她當然沒有拒絕，只是當她聽見阿爸落跑，丟下我們三個，臉色非常難看。

「又……再一次……」她久久才吐出這幾個字來。

是的，短短半年裡，我們被「擱下」兩次。我不喜歡用拋棄來形容現在的處境，被拋棄的多半是廢物、無用之物，而「擱下」是被放

置在某個地方，我們只是暫時被擱下了。

所以，我和阿美阿姨約定好，只要是上學日，她會留一些午餐剩菜讓我當作晚餐。不過為了婆婆，今天我得厚著臉皮多要一些。

阿美阿姨一看見我，左顧右盼後，才將藏在腳底旁的紙袋趕緊拿出來，她關心地問：「爸爸回來了嗎？」

我難為情地搖頭。

「唉，也真難為你們，沒依沒靠還能這麼懂事，阿姨能幫你們的實在有限，你看看，為了怕其他廚工打小報告，我也不敢拿太多剩菜，每天就只能留這麼一點飯菜，真不好意思。」

啊，聽她這麼說，原本想開口多要一點飯菜，這下也都不敢說出口了。阿美阿姨對我們已經夠好了，不能再增加人家的困擾。

「阿姨，別這麼說……真的很謝謝妳……」接過溫熱紙袋，我將它抱在胸前，不斷點頭向阿姨道謝。

*

還有什麼辦法呢？我想若真的餓到受不了，乾脆再找一家便利商店偷過期麵包，或索性放學後直接帶婆婆去警察局算了，可是那樣就違背了我對阿齡的承諾。

唉，我大大地嘆了口氣，為什麼煩惱的事情永遠都解決不完呢！

現在是中午休息時間，學校操場、籃球場、走廊到處都是人，有的打球、跑步，有的則是聊天、嬉戲，不時可以聽見歡笑聲。我其實也想跟同學一起打球，無論是籃球、排球、躲避球都好，可是我不敢，我不敢交朋友，不敢讓同學知道我的情況，太難為情、太丟人。

我好忌妒他們的笑容，相形之下，捧著紙袋的自己，顯得十分愚蠢。

他們應該不用煩惱下一餐有沒有著落吧？下課回家，媽媽早就準備好點心，補習後回家還有溫熱的飯菜等著。

他們不會有肚子餓的機會吧？家裡應該都有一堆吃不完的零食，

只有喜歡和不喜歡的問題，根本不需要思考吃不吃得到。

他們不用擔心偷過期食品可能被抓的事吧？那當然啊，誰會需要去偷過期食品，只有像我這種假日沒有營養午餐剩菜可吃的窮鬼才會啊，雖然大部分的便利商店不會計較，但有時碰上難纏的工讀生追出來，也是會擔心萬一被抓到該如何是好。

還有，他們的爸爸應該是靠山，而不是家庭的問題來源吧？

我阿爸會去的地方不外乎是地下賭場、賽鴿場，要不就是蹲在監獄裡，若在家裡出現，就是來跟媽媽要錢的，要不就是偷搬家裡的東西變賣。他是大騙子，每次都說會戒賭、會變好，但從來都沒有實現過。

我真的很生氣，為什麼大人可以幼稚得像小孩，而我這個小孩偏

偏就得像大人，真是太不公平了！

唉唉唉，我又連續嘆了好幾口氣。

午休時間結束的鐘聲響了。

那些被我羨慕的同學們紛紛停下手邊活動，一窩蜂朝教室走去準備午休，他們魚貫地穿過我身旁，沒有人正視我一眼，理所當然，我本來就不怎麼起眼，沒有高壯體格，也沒有英俊五官，更沒有優異的成績，對學校、對老師、對班級同學而言，就算我突然消失也沒有人會感到遺憾吧！

這就是媽媽常說的「現實世界」。

她以前常常邊哭邊抱著我們說對不起，說很感慨沒把我們生在有錢人的家庭，所以愛我們的人很少，注意我們的人也很少，希望我們

要原諒她，因為這是現實的世界。

那時，我沒有聽懂，只覺得她是因為情緒低落才這麼歇斯底里，我安慰她說我不在乎有沒有錢，只要媽媽愛我就好了，可是她沒有聽進去，最後還是走了；媽媽離開後，阿爸還欠一屁股債，親戚對我們避之唯恐不及，我永遠都記得他們嫌棄的臉孔，從那時起媽媽的話，我終於懂了。

可是懂了又如何呢？我規避得了嗎？我逃脫得了嗎？終究還是得面對，不是嗎？就像現在，我得跟其他人一樣回教室，因為這就是我的生活。

我轉身隨人群回教室，卻不小心與一旁經過的人擦撞，對方身材魁梧，相較瘦弱的我，胸前的紙袋飛了出去，整個人仆倒在地，手肘

和膝蓋有點痛，不過應該無礙，動了動四肢，拍拍身上灰塵準備起身，眼前卻出現一張不懷好意的臉。

他大聲罵了幾句髒話，凶惡的瞪著我：「怎樣！沒長眼睛啊，看到我們經過不會閃邊一點啊！」

看他跋扈的模樣和在他身旁一塊叫囂的幾個人，想也知道是那種喜歡聚眾滋事的少年，不論走到哪裡總會有這麼一群人，專門以欺負弱小為樂，只要有人向他們低頭，就好像征服全世界似的，以前早就看他們不順眼，但因為沒有衝突，所以隱忍著，唉，今天運氣有夠差啊！

我咬牙，想從他的威嚇之下站起來，但稍一起身，一個厚重拳頭就落在我臉頰，又是一連串咒罵。

「是不會低頭道歉嗎？跩個屁！」

「是你撞我，又不是我撞你！」我硬是不服氣地回嘴。

這些人都禁不起挑釁，不過一句反駁，就好像把腳踩在他們臉上，個個都沉不住氣，只聽一堆人喊著：

「揍他！」

「給他一點顏色瞧瞧！」

一群人圍過來，接二連三的拳打腳踢，慌亂之餘，沒有打架經驗的我，不知該如何反擊，只會胡亂揮動雙手，根本沒有抵擋能力。

混亂與疼痛交雜中，聽見一個尖銳的女聲喊著：「老師來了！老師來了！」

拳頭總算停下來了。

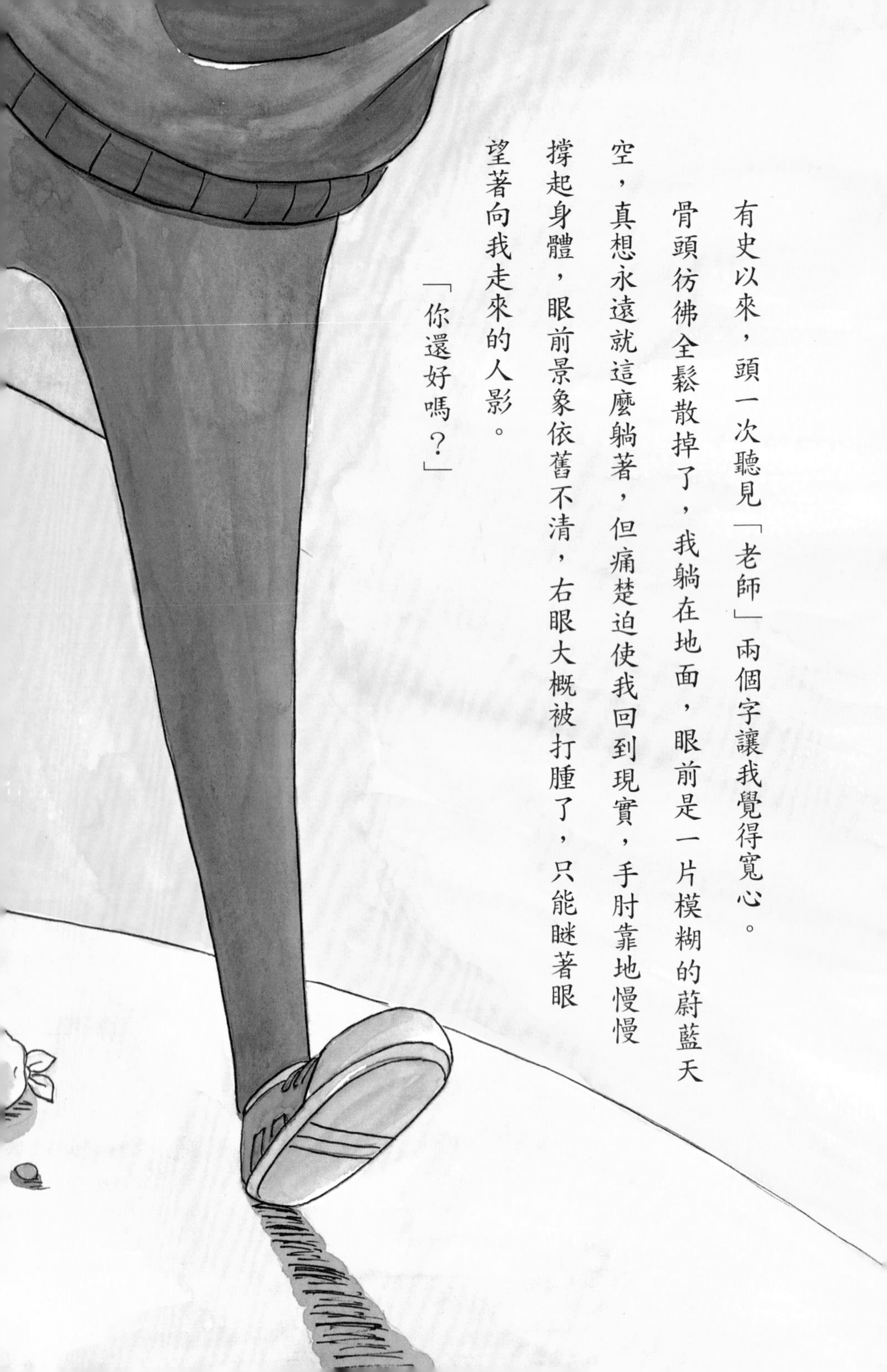

有史以來，頭一次聽見「老師」兩個字讓我覺得寬心。

骨頭彷彿全鬆散掉了，我躺在地面，眼前是一片模糊的蔚藍天空，真想永遠就這麼躺著，但痛楚迫使我回到現實，手肘靠地慢慢撐起身體，眼前景象依舊不清，右眼大概被打腫了，只能瞇著眼望著向我走來的人影。

「你還好嗎？」

眨了眨眼，好一會兒才看清來者的模樣，她不是老師，而是一個捧著大疊作業本、有著齊眉瀏海的大眼女生。

「有沒有怎樣？要不要去健康中心？」她擔心地問。

我環顧四周，發現並沒有別人。

「妳說謊喔！哪來的老師？」

「喂，等我進辦公室找老師再跑過來，你早就被打死了吧，還怪我說謊，真是好心沒好報。」

大眼睛女孩說的一點也沒錯，倒楣的人是我，大部分的同學看見我被挨打都選擇走避，遇見她算我運氣好，若真的找老師來處理，把事情擴大，搞不好吃不完兜著走的人是我。

「抱歉，我沒責怪妳的意思，謝啦！」

我奮力起身，拍拍膝蓋、屁股、衣服的塵土，四處張望，總算在不遠的花台旁找到紙袋。我一拐一拐邊走邊跳，趕緊將紙袋拾起。紙袋外面也沾染了灰泥，不過幸好裡面的塑膠袋依舊完好，菜餚並沒有滲漏出來。

女孩叫住正準備掉頭就走的我：「喂喂喂，江如俊，你真的不去健康中心？至少把傷口消毒一下。」

「妳怎麼知道我的名字？」我吃驚地問。

「我們是同班同學耶！你的作業簿還在我手上。」她翻了翻白眼，捧高手上的作業本：「你也太那個了吧，開學都好幾個星期了，還認不出同班同學？該不會連我們導師是男是女什麼名字也不曉得吧？」

我當然知道導師是女的，不就是燙個米粉頭、戴銀框眼鏡的矮個兒大嬸，愛穿厚墊肩的套裝洋裝，講話像機關槍劈哩啪啦一長串都不會停，每天早自習都會先來一段溫情喊話，雖然大多數時間我都在打瞌睡，但因為重複次數太多，把斷斷續續聽到的拼湊起來，也知道內容不外乎是考試必勝的訣竅和她自認的人生大道理。

至於導師的名字嘛……，嗯，被她說中了，還真想不起來。

我聳聳肩：「反正稱呼都是老師，名字不記得也沒差吧。」

沒想到大眼睛女孩突然衝到我面前，用她那沒被作業本擋住的眼睛瞪著我：「江如俊，什麼叫作沒差？幹嘛老是一副無關緊要、吊兒啷噹的樣子，你以為裝作什麼都不在乎，事情就比較好解決嗎？真是的，剛剛那些不良少年至少還會表現出憤怒，你呢？不但是一隻縮頭

烏龜，而且還眼盲耳聾！」

她越說越大聲，越說越激動，居然說我是烏龜，真過分，我被她惹毛了，不客氣回嘴說：「關妳屁事！妳這隻囉唆的貓頭鷹！」

「你……」

不知道從哪裡來的靈感，貓頭鷹三個字不經大腦脫口而出，她氣得兩頰鼓鼓的半晌說不出話來，最後只好狠狠地踹我一腳，氣呼呼掉頭離去。

啊，痛死我了！我全身都是傷耶，這女生好粗魯！

真搞不懂她有什麼好氣的，倒楣的人是我，該生氣的人應該是我呀！

沒錯，我才是那個該生氣的人，午睡時間同學們都安靜趴在桌

上，我躡手躡腳進教室，以最快速度整理好書包，鄰座同學偷偷張開眼睛看我，一臉狐疑，前座同學也轉頭瞄我，我全不理會，也不給他們開口詢問的機會，不到一分鐘，就在他們質疑、猜測的目光下，揹起書包，走出教室。

3 尷尬一籮筐

烏龜烏龜烏龜……到底是哪裡像烏龜了？

那隻貓頭鷹說的是什麼話！說我故意裝作不在乎？我當然在乎，而且在乎得不得了，但又能怎樣呢？我得保護自己啊！

帶著一肚子悶氣走回家，天氣晴朗，無風無雲，但心情卻是波濤洶湧，我骨頭酸痛、皮肉刺痛，手臂和小腿都有擦傷，幸好兩隻腳沒斷還能走，我邊走邊踢路邊小石子洩憤，被違規停放騎樓的機車擋住去路，也「順腳一踢」，看行道樹不順眼，看紅路燈不順眼，就像個被激怒的刺蝟，毛毛躁躁地發洩不滿。

不曉得是因為傷痕累累、衣衫不整的緣故，還是穿著制服在街上行走太過顯眼，沿途商家和路人盯著我的表情都很奇怪，他們眼睛裡投射出戲謔、玩笑的目光，害我心跳不斷加速，腳步不知不覺越來越

快。

走到巷子口轉角水果攤，平常對我還算親切的大嬸把我叫住。

她瞄了我全身上下：「發生什麼事情？你怎麼弄成這樣？」

我緊抿嘴唇不發一語。

「你等等。」大嬸進去後面的房間，拿出一條她兒子的運動褲和藥箱。「我知道你不會跟人家打架，所以這傷……是被人家打的吧，唉，現在的小孩子動不動就打人，你先去把破掉的褲子換掉，我幫你補一補，還有把傷口消毒一下。」

啊，破掉的褲子？我轉身低頭查看，發現褲子屁股部位的縫線全裂開了，內褲若隱若現，天啊，我就這麼一路走回來，糗大了，我尷尬得漲紅臉。

大嬸將運動褲硬塞給我說：「快去換褲子啊！」

實在是太丟臉了，真想找個地洞鑽進去，我沒膽接受大嬸的好意，趕緊將運動褲丟回她手上，難為情地低頭快跑，只聽見大嬸在後面大聲嚷嚷著：「不要怕見笑，縫一下很快就好了啊！」

遮遮掩掩回到家，才將門關上，就看見婆婆從我房間探頭出來，手裡還抓著好幾件我的衣服和褲子。

「你是誰？」她皺眉問。

「妳幹嘛進我房間？」我大叫並慌張得緊緊抓住破掉的褲子。

「你的房間？喔。」她鬆了口氣，然後開始打量我。

看她的眼神應該是恢復正常了，謝天謝地，說不定不必送她去警察局，等會兒自己就可以回家去了。

「對啊，這裡是我家，妳拿我和思齊的衣服做什麼……」

她完全不理會我的話：「你臉上的傷是怎麼回事？跟人家打架嗎？衣服和褲子也都被扯破，看樣子，你打輸了喔……」

「誰說的！」為了顧全面子，我好強地回應。

婆婆只是笑了笑，一副很了解的表情。

「你這表情和反應我看多了，我兒子小時候跟人家打架回來，都是這種逞強的臉。你是老大，對吧？老大最愛逞強了。」

「妳是說阿凱啊？」

她的臉突然變僵：「你怎麼知道？」

看樣子她真的不記得昨晚的事，我只好從頭到尾說一遍。

「唉，我又……」婆婆難為情地問：「真不好意思，我昨晚沒做

什麼奇怪的事吧？」

「嗯……其實最奇怪的事情就是妳把我當成阿凱，然後還跟著我回家，老實說你兒子阿凱的年紀應該可以當我爸了吧！」

婆婆大概沒料到我講話居然如此直接，她先是愣了一下，然後突然自嘲地笑了：「你的意思是說我年紀太老了，不可能老蚌生珠，是嗎？小朋友，你太小看我了，我該有的器官可都還在啊！」

什麼？老蚌生珠！我笑了。

「喂……啊，痛……」

婆婆居然說出這句成語，我真的真的敗給她了，忍不住笑出來，但一發出笑聲，肋骨就痛，雙手連忙摀住胸口，但破褲就露了餡，於是又趕緊伸出一隻手來抓褲子。

我的動作一定很笨拙滑稽，因為婆婆居然大笑。

「好啦，妳快點從我房間出來，我要換褲子。」我說。

「講到房間，我剛一進來差點快暈倒，哎，超亂超臭的，你怎麼忍受得了？」

她根本沒有離開的打算，還繼續將櫃子裡的衣服一件件拉出來。

「喂，不要隨便動我的東西！」

「又不是在做酸菜，怎麼每件衣服都是臭酸味，唉……」

怎麼知道衣服都會變成這種味道，我已經很努力用肥皂搓揉，沖了水，然後也晾在陽台上，但就是洗不出衣服真正的味道。我想過去阻止婆婆，但破洞的褲子使我動彈不得。

「不要拿出來啦！」

「不拿出來怎麼洗？趁今天天氣很好，我趕快洗一洗，到傍晚應該就會乾了。」

婆婆手上抱著一大堆衣物，看見我的內褲也在其中，馬上漲紅臉，趕緊擋在她面前，將內褲搶回來，塞進書包裡。

她一走，我馬上衝到衣櫃前，啊，居然空無一物，全被她拿光了。

「等一下、等一下……」

我衝到陽台，婆婆已經將所有衣服都丟進洗衣盆裡，水龍頭的水正嘩啦嘩啦流著。

不會吧？今天的運氣這麼衰？

我正要發出哀嚎，意外地，婆婆扔了條褲子給我。

「下次打架不要太逞強啊！幫你留了一條褲子，快換上吧！」她邊說邊又拿了支掃帚走回客廳：「然後把破褲子給我。」

婆婆都不會覺得累嗎？都不會想休息一下嗎？她的體力真好，一點都不像老人家。

不過話又說回來，我沒跟老人家相處過，阿嬤住在鄉下，我們很少回去，家裡年紀最大的就是阿爸，他應該不算老人吧，除此之外，也沒有什麼來往的年長親戚，只是偶爾會聽到同學抱怨家裡阿公、阿嬤很囉唆，年紀大行動緩慢，身體又不好，每次生病跑醫院都搞得家裡人仰馬翻；還有電視裡連續劇裡的歐巴桑、歐吉桑，若不是霸道掌權，足以呼風喚雨，就是貧窮得可憐兮兮，總讓我覺得老人跟「麻煩」是劃上等號。

但這個婆婆好像並不屬於我認知的那幾類，她不嘮叨雜念，也不咄咄逼人，瞧她一個晚上就能把客廳打掃得乾乾淨淨，動作顯然很俐落，而且她明知道這裡不是她家，對髒亂可以選擇視而不見，她卻繼續打掃其他房間、廚房，甚至還洗了所有衣服。

為此，我實在感到過意不去，該提醒她快點回家了，她的家人想必一定也很急著找她，反正縫件破褲子也不是什麼難事，我自己可以做得到。

我跟著她走回客廳。

「那個……婆婆，真的非常謝謝妳，家裡很久沒這麼乾淨了，我和弟弟妹妹都很感謝妳，不過，現在妳應該回去了，還記得回家的路嗎？不記得也沒關係，警察先生會幫忙的，要不要等我把褲子換好，

陪妳去……」

她好像沒把我的話聽進去，只是輕輕皺了下眉頭，雙手交叉在胸前，故意岔開話題。

「房子很久都沒打掃了吧……」

「是的，所以非常謝謝妳。」

「衣服都沒有洗乾淨，很奇怪的臭味，你同學沒抗議嗎？」

「沒有沒有，我已經很努力洗了。」

「廚房一層灰，很久沒有在家好好吃過晚餐了吧？」

「那是因為……」

婆婆根本不等我把話說完，直接切入核心，她毫不客氣、直接了當的批評說：「你們家大人是都到哪去了？」

她扔了顆炸彈給我，然後在我耳旁爆炸開來，腦袋轟隆隆的，這是我最不想讓人知道、最不願與人提及的事，婆婆當著我的面赤裸裸地攤開來，叫我怎麼回答啊，又能怎麼回答呢，我也想知道我家的大人們到底是怎麼了，死的死了，走的走了，為什麼不能像個負責任的大人好好待在家裡，把我們帶來這個世界，卻又任我們自生自滅。

婆婆的話深深刺進我的胸膛，非常痛。我兩眼瞪著她，抿著嘴，雙手握拳，擺出隨時都能幹架的姿態，冷冷地撂下一句：

「不關妳的事！」

我的態度並沒有觸怒她，她注視我好久好久，眼神漸漸變得柔和，嘴角慢慢鬆了下來，並流露出惋惜的表情。我不知道她從我身上看到了什麼，也許是讓她想起了什麼，婆婆放下胸前的手臂，嘆了口

長長的氣。

「好了，講這麼多，你到底要不要換褲子啊？」

「當然要。」

「還不快點！」

「我自己會處理啦！」

「換下來給我。」

「不要。」

「你這小孩，脾氣很拗耶。快點脫下來！否則……」

當她說出「否則」兩個字的時候，不但加重了語氣，居然還做出要強拉我褲子的手勢，威脅恐嚇的本性完全流露出來，我之前怎麼會誤以為她應該是講道理的老人呢，我的臉全都漲紅起來，她越走越靠

近，我只好趕緊說：「好啦、好啦，我答應妳，別再過來！」

「對嘛，這樣才乖。」婆婆露出得意笑臉後才鬆手。

脅迫之下，只好順從婆婆的命令，誰知道她又會做出什麼瘋狂舉動來，我拎著褲子躲進房間裡，站在衣櫃前，又聽見婆婆從客廳大聲喊著：「順便也把衣服換掉，因為你……好……臭……啊……」

4 她會不會是通緝犯？

事情變得有些奇怪。

婆婆好像沒有打算離開的意思，她幫我傷口擦藥、縫好我的褲子、晾好衣服，打掃完每個房間，又將我拿回來的「營養午餐」加工加料，那些原本看起來懶洋洋、色澤沉悶的菜餚，全都搖身一變，成了色香味俱全的料理。

我們已經很久不曾在家吃過一頓像樣的飯。寶珠姑姑的廚藝有待加強，阿爸根本就是廚藝白痴，所以我們多是仰賴自助餐便當或是吐司麵包，所以當餐桌上出現熱騰騰的菜餚，每樣看來美味又可口，而我們每個人都有乾淨的碗和餐盤，怎能不感到情緒激動呢！

阿齡興奮得像猴子吱吱叫，貪心地拚命夾菜，深怕自己沒搶到，而我捧碗的手不停抖動著，筷子也掉了好幾次，更荒謬的是大腦竟然

浮現「婆婆若能留下來就太好了」的念頭，但我想那應該是阿齡在旁不斷「洗腦」的緣故。

「真是太好吃了，如果每天都能像這樣，那就太好了！」

「真希望以後可以不用再吃便當了！」

「婆婆，妳真是太厲害了！我總以為營養午餐都是很難吃的食物！」

「好想每天放學回家都能吃到這樣的晚餐，還有乾淨的碗盤……」

「家裡好乾淨，廚房好乾淨，家裡的空氣總算乾淨了。」

阿齡一邊吃飯一邊嘴巴說個不停，整間屋子就像飛進一大群麻雀，嘰嘰喳喳，熱鬧無比，婆婆聽了這些稱讚並沒有太大回應，依然

安靜坐在一旁用餐，她只吞了幾口飯和半碗蔬菜，便擱下手邊的碗筷；阿齡食慾好當然不意外，倒是平常食量跟小鳥一樣的思齊，默默低頭「耕耘」，居然吃掉了兩碗飯。

飯後，婆婆沒有主動提及要回家的事，我也刻意避開不提，雖然思齊暗示過我幾次，但我全假裝沒看見。

我們讓婆婆住進阿爸的房間，阿齡說反正阿爸的房間空著也是空著，事情變化到這個地步，最高興的莫過阿齡了，她整個晚上都纏著婆婆，高興得嘰哩呱啦講不停，隔著門都能聽見她們說話的聲音。

阿齡從小就住在鄉下，直到阿嬤過世後才搬回來，跟我們在一起的時間並不長，也許因為如此，對於年紀接近阿嬤的婆婆具有好感，我想這也是她一直想將婆婆留下來的原因吧，她實在是太寂寞了。

我在自己房間裡，心卻都飛到她們那裡去，豎直耳朵不斷聽著她們的對話。

「妳為什麼那麼會煮菜？那會不會做蛋糕呢？」

「為什麼妳動作那麼快，一下子就可以把家裡打掃得乾乾淨淨？妳平常經常做這些事嗎？」

「婆婆，妳家在哪裡？妳從哪裡來？」

「妳真的都不記得了嗎？連名字也忘記了嗎？」

「要不要仔細想想看，到底記得哪些？」

「為什麼願意跟著我哥來呢？」

我深深覺得阿齡長大以後應該要開一家偵探社，不過後來又想還是不要比較好，因為若碰到的客戶都像婆婆這樣「守口如瓶」、「一

問三不知」，偵探社遲早會倒閉的。

雖然阿齡緊迫盯人追問，婆婆的回答卻十分模稜兩可。

「是啊！」

「不曉得耶！」

「大概吧！」

原以為得到敷衍的回答，阿齡應該會覺得無趣或是灰心，若是我就會閉上嘴拍拍屁股走出房間，但她並沒有，大而化之的阿齡乾脆移轉話題，開心地跟婆婆聊起學校發生的事，慢慢地婆婆的聲音也多了起來，甚至還聽見了笑聲。

這個家很久沒有出現笑聲了，之前我也曾被婆婆的「老蚌生珠」給逗笑了，現在聽見她們笑得如此開心，心裡覺得暖暖的，以前我和媽媽也經常這麼談天說笑，她喜歡聽我說學校的事、朋友的事，無論大小事，她總是聽得津津有味。

好奇妙的感覺！婆婆的存在讓人有安心的感覺，我的壓力也減輕不少。

但思齊似乎並不這麼想，原本在檯燈下埋頭苦讀的他，聽見笑聲後，擱下筆，他眉頭

緊蹙，表情嚴肅得像個糟老頭。

「讓一個陌生人住進家裡來，好嗎？」思齊說。

「可是婆婆不像壞人啊。」

「但畢竟還是陌生人啊，我們對她一無所知，搞不好她是個殺人犯或通緝犯，就在無處可藏的時候，躲到我們家來。」

殺人犯？通緝犯？實在很難將這三個字跟婆婆聯想在一塊，我不以為然地說：「思齊，你想像力未免也太豐富了。她是一個老人家耶，你說能殺誰？」

思齊搖頭嘆氣：「你實在是頭腦簡單，我問你殺人犯、通緝犯有固定的長相嗎？你看電視新聞裡面的犯人，就跟我們平常看到的路人沒有兩樣，怎麼去判別好人壞人呢？」

「哎，不要把所有事情都想得太悲觀了啦。」

「才請你不要把所有事情都想得太樂觀。」思齊摸了摸鼻樑上的鏡框：「我從來都不覺得會有什麼好事降臨在我們頭上，你沒有從過去的經驗中得到教訓嗎？別說我沒警告過你，自家人都靠不住了，更何況外人，別自找麻煩了，我們只能靠自己。」

思齊會這麼說不是沒有原因。這幾年確實沒有什麼好事在我們家發生，反倒是衰事連連，老天爺根本沒有特別眷顧，還將最鍾愛我們的媽媽帶走，所以我沒有好理由能反駁。

「那你有更好的辦法嗎？」我有些沮喪。

「你還是去勸婆婆回家吧，要不請警察先生到我們家來跟她聊一聊，我們都自身難保了，最好別再惹禍上身。」

「好吧。」我嘆了口氣：「我盡量。」

思齊白了我一眼，口氣不是很好地說：「什麼盡量，請全力以赴，務必做到，好嗎！」

這傢伙，就是吃定了比我聰明，講話老是沒大沒小。思齊是我們三個人當中最聰明、最優秀的人，功課總是名列前茅，當選過模範生，領回的獎狀無以計數，平常沉默寡言，但只要開口說話總是一針見血，他說這個世界廢話太多、無聊事太多，以至於麻煩太多。我不曉得他所指的「麻煩」是什麼，對我來說，眼前這些不負責任的大人所製造出來的問題，就是我的麻煩。

然而隔天一早，我發現「我的麻煩」彷彿具有無性生殖能力，越來越多。

5 意外還有意外

跟我幹架的那幾個不良少年，一早就守候在校門口，第六感告訴我，他們四處張望尋找的對象應該是我。摸了摸嘴角的ＯＫ繃，想起身上還有多處瘀青，骨頭也還在酸痛，所謂識時務者為俊傑，我悄悄退後，繞到後門圍牆，找了個不起眼的角落翻牆進去。

閃躲了幾天，以為風頭已過，誰知道不良少年居然跑到教室走廊前堵我。

他們兩人雙手交插在胸前，擋住我的去路。

其中高個子開口說：「小子，總算讓我逮到，之前的帳還沒有算清呢。」

「不好意思，借過一下。」

我低著頭，盡量將姿態壓低，想忽略而過，但對方並不打算輕易放過我，他刻意繼續刁難，硬是擋在面前。

「怎樣！我不借！」

不知道他的理直氣壯從何而來，為什麼有人總認為自己可以為所欲為，難道只因為他比我高大、他的朋友比我多，還是在他體內有一種莫名奇妙的愚蠢勇氣，驅使他趾高氣昂地站在別人面前發號施令？我不懂，真的不懂，也許他只不過是想在同伴面前證明自己無所懼，那麼證明過了以後呢？還不是跟我一樣得繼續生活下去。

我想我大概是勾了一下嘴角，讓他誤以為我正在譏笑，他不爽地用力推了我一把，並高高舉起右手，眼看握著拳頭的手就要落下，我們之間忽然迅速地擠進一個人影，我只看見後腦勺和搖曳的裙襬，便聽見一個尖銳的女聲說：「你要做什麼！」

她擋下不良少年，然後轉頭對我跺腳喊著：「還不快走！」

是那個貓頭鷹女孩！

不知何時班上同學全都擠在窗台上看熱鬧，當然也看見了這一幕，英雄並沒有救美，反而是被救，大夥兒鼓譟吵鬧著。

「悶騷！」

「李亭瑄愛江如俊！」

「哇塞！恬恬吃三碗公。」

「江如俊，真有女人緣！」

「你要娶人家啦！」

沒有人對我伸出援手，全都是一些冷嘲熱諷的話語，字字句句都像蜜蜂的尾刺，毫不留情地攻擊。我知道自己不善於處理人際關係，向來都是人不犯我、我不犯人，但現在我卻覺得自己就像過街老鼠，這世界是怎麼了？該譴責的應當是站在我前面挑釁的不良少年啊，怎麼焦點全落到我身上？

我做錯了什麼嗎？

都是這個貓頭鷹女孩害的，她為什麼這麼雞婆，跟她非親非故，就連朋友都稱不上，為什麼多管閒事呢！我覺得好氣，被人當眾取笑，憤怒難堪的情緒瞬間爆發上來，感覺胸腔就快要爆炸，我拚命喘氣，什麼聲音都發不出來，只覺得身體不斷在膨脹非常難受。

為什麼要這樣對我？為什麼每件事、每個人都要為難我？真是太不公平了！沒辦法再繼續站在這裡，每個人都在嘲笑我，聲音像洶湧的浪潮，就快將我淹沒，讓人無法呼吸。

「啊！」

我用盡全身力氣發出怒吼，四周聲音突然靜了下來，那些嘲諷的臉孔瞬間全溶解在一塊，成了難以辨別的模糊色彩，就像被包覆在蠶繭裡，不行，我得跑，得脫離這裡，否則也要被溶解在這裡。我拔腿就跑，拚命跑著，儘管四周都在旋轉，空間都在扭曲，眼前一片模糊，我仍然死命奔跑，彷彿只有這樣才能繼續記得呼吸。

跑啊，跑啊，跑啊。

四肢不停擺動。

等我真正意識到真實世界時，發現自己蹲坐在家門前，臉頰還掛滿淚痕，由於之前身體一直處於緊繃狀態，等回過神來，肌肉一鬆懈，便開始感覺到疼痛。這時，突然有人拍了下我的肩膀，一抬頭，看見婆婆的臉。

對於我上學時間卻出現在門前的異常舉止，她什麼都沒問，只是凝視了好久好久，然後要我把書包放好、換上運動服，跟她一塊出去。

婆婆戴了頂帽子，拿了個手提袋就走，好像篤定我會跟似的，也沒多作解釋，她就站在門前望著我，有了上次「脫褲子」的前車之鑑，我可是一點也不敢馬虎，乖乖地跟了過去。

她沒說要去哪裡，我也沒問，我們一人在前、一人在後，沒有半句交談，我默默跟隨她微駝的背影，從巷子口，走過雜貨店、老舊沉悶的社區、空無一人的公園，婆婆走得很慢，有時還會突然停下來，左顧右盼，像是在找什麼。我低調地跟隨在後，一點也不想被看出來

我們之間有關連。

跟著她像蝸牛在街道巷弄遊走，一會兒右轉，一會兒左移，也不知道究竟走了多久，反正也沒有別的事可做，就這樣消極跟著，也沒有什麼損失，直到婆婆停下腳步等我，才發現我們已經來到堤防邊，眼前是一道高高的石牆。婆婆身後有條簡陋石頭階梯，我跟著她爬上頂，走上平台，看見了不一樣的風景。

河水蜿蜒流轉，在很遠很遠的那端與天空會合，河岸參差不齊的雜草，就像一條條綠色緞帶，站在堤防頂，對岸的房屋縮小了，天空變得非常遼闊。

「這裡！快下來啊！」

婆婆已走下堤頂，站在河岸旁雜草中，向我招手。

我向她走去，意外發現稀疏雜草間竟然種有蔬菜，喔，不不不，這應當不是意外，蔬菜規律分布生長，明明是有心人的傑作。婆婆不慌不忙打開手提袋，彎腰開始摘青菜。

她說：「還站著發呆做什麼？快點幫忙啊！」

我緊張四望：「妳認識種菜的主人嗎？」

「不認識。」

「那我們……這是偷拔菜耶……」

婆婆老神在在：「今天沒有午餐剩菜，那晚餐怎麼辦？你想餓肚子嗎？」

對喔，今天蹺課，沒去阿美阿姨那裡，這才發覺事情大條了，沒想到婆婆居然比我更早意識到，唉，為了顧全大局，我只好跟著照作。

以前在電視裡面看過的菜田，一長條一長條整齊排列的土埂，或是外面蓋有塑膠帳篷的溫室種植，看來很專業很有規模，但這草叢乍看卻是雜亂無章，若非有人告知，絕對不會察覺還有蔬菜的存在。

婆婆教我分辨大花咸豐草和毛茸茸的紫花藿香薊，並順手摘除：「這些是常見的外來種雜草，長得很快，可以在很惡劣的環境下生長。」

她熟練地摘菜、除草，一邊不忘吩咐我該如何處理，有的要從莖部摘起，有的則是連根拔起，有的則是摘葉就好，以前我只顧著吃，只知道青菜有時是綠色、有時是黃色，卻完全沒有想過它們長在土裡的樣子。

說真的，有些菜還長得挺漂亮的。

修長的空心菜姿態優雅，細長的葉子，風一吹就飄呀飄，像婀娜多姿的少女，感覺非常溫柔。長長的葉片從中心放射出來的A菜，就像是從地面噴射出的煙火；還有婆婆說最會「牽絲」的地瓜葉，繁殖力強，一葉牽一葉，好似綠項鍊、綠地毯。

我認真觀看青菜，完全忘了動手，直到聽見婆婆的笑聲。

「看什麼看得這麼入迷？我可是都摘好了。」

「啊，摘好了？」我張望四周：「可是……這裡還有很多青菜……這個還有那個……」

「夠了，夠吃就好了，不要太貪心，要留一些給其他人啊！」婆婆提了提手中的袋子，裡面已經裝滿一半。「接下來要做善後工作，

你可別光顧著看，要認真幫忙啊！」

將拔起的雜草放置一堆，田畦就比較明顯了，原來這裡的蔬菜並非我以為的隨意種植，婆婆吩咐我挑出土壤中的石塊，因為沒有任何工具，只好以徒手的方式，盡力將田畦的面貌復原。說也奇怪，我一點也不覺得這是件苦差事，重整的過程中，反倒好像是在雕塑美術作品，鬆散的泥土到了手中，卻能堆積成一條一條田畦，然後在中間埋進種子，就像是幫作品鑲進寶石似的，讓人很有成就感。

整地完成後，我和婆婆坐在堤防底下的水泥牆旁，勞動過後的身體全身是汗，我想我一定臭死了，但一點也不在乎。

婆婆從手提袋裡拿出水壺，遞給我。

「累了吧？」

我搖頭：「不，一點也不會。」

接過水壺，爽快地喝下去，冰涼的水從喉間滑落，心裡有說不出的暢快。這是怎麼一回事呢？從來未曾有過這樣的經歷，這轉變讓人覺得非常奇妙，這塊綠地有魔力嗎？

「這樣動動身體流流汗其實滿好的，許多煩惱和不愉快也都會跟著無影無蹤。」她說。

「妳常來啊？妳的煩惱也很多嗎？第一次在公園遇見妳的時候，應該就是陷入煩惱中，所以才會恍神把我誤認成阿凱，對吧？」

「你這小子講話都不經過大腦嗎？」

婆婆的聲音聽起來很嚴肅，我以為她生氣了，偷偷瞄她，卻發現她的表情很平靜。

她淡淡地說：「我憂鬱症發作的時候，就會逼自己到這裡來。」

我吃驚地說：「憂鬱症！」

「沒想到吧？」

「妳有去看醫生嗎？」

「當然有，這是多年的老毛病了，時好時壞，藥物副作用對我來說太強烈了，常常會失眠、出現幻覺，所以總是斷斷續續在服用。」

婆婆苦笑說：「真怪，我不敢跟自己孩子講這個事，怕他們大驚小怪，可是我現在居然跟你這個小蘿蔔頭說這些，你才只是個國中生，怎麼會懂得這種事。」

我馬上回應說：「我怎麼會不懂，婆婆妳也太小看我了，我不是妳以為的那種毛頭小孩，其實我當初也懷疑我媽媽有憂鬱症，還去圖書館看了很多有關的書，可是沒有用啊，我媽媽認為自己只是心情低落，她拒絕去看醫生，加上我阿爸老是捅嘍子，整個家亂糟糟，唉，不提也罷。」

「唉。」婆婆拍拍我的頭：「難怪我們一見如故，緣分真是奇妙的東西。」

「所以這裡算是妳的祕密基地？」

「祕密基地？呵，也可以這麼說吧，我家人都不曉得這個地方。」

「妳是指阿凱和月妙？」

我真的對她很好奇，不知道她會不會對我像阿齡那樣，故意不回答或是模糊帶過。婆婆沉默了一會兒，嘆了口氣。

「阿凱和月妙都不在我身邊，他們是我跟前夫生的孩子，離婚後，他們就被爸爸帶走了，之後就再也沒見過。後來我再婚，也生了兩個小孩，但還是會常常想起阿凱和月妙，不知道他們過得如何，隨年紀慢慢增長，加上自己身體狀況不好，就越來越想他們。」

我啞口無言，不知道該說什麼安慰的話。

婆婆雙眼看著遠方：「每個人都有自己的生命難題啊，無論年紀大小，別以為你是特例，知道嗎？」

我點點頭，卻不知道怎麼回答才好，但此刻心情確實好多了，所有怨氣都已煙消雲散，今早承受的惡意批評、諷刺、譏笑，現在看來都只是一些可笑的言論，根本不值得在意。

仔細想想，我可能是不習慣被人關注，所以當成為焦點時，就會不知所措，現在回過頭想想，那個貓頭鷹女孩也是好意，圍觀同學也只是看熱鬧的心態，對我並非有惡意。反倒是那幾個不良少年究竟為何三番兩次來找我，這才是我該面對解決的問題。

事情想清楚之後，心情舒坦多了。

「謝謝妳帶我到這裡來。」

「不用謝我，這地是公家的，不屬於任何人，誰都有權利到這裡來。感謝之前有人無心插柳，才有今天這樣的局面，而我是無意間找到這裡的，也算是緣分吧！」

「公家的！所以誰都可以把這裡的菜摘走嘍？」我吃驚地說。

「是啊。」

「那……青菜不就很快會被一掃而光啊……」

「話是這樣說沒錯，不過因為這裡很隱密，青菜又被雜草覆蓋，知道的人不多，而且有些人到這裡來，也並不是為了要採收。」

我好奇地問：「那又是為了什麼？」

婆婆眼神望著遙遠的天空：「常常有人到這兒來除草、施肥，之後又默默離開，什麼也沒有拿走。」

「哇，我只聽過天下沒有不勞而獲的事情，但像這樣無所求的付出，還真是想破頭也想不出道理來。」

婆婆微微一笑：「以後你就會知道，能夠付出遠比獲得要快樂多了。」

聽起來好像繞口令，又像猜謎語，怎麼比國文課本裡的文言文還難理解，我跟婆婆說能不能舉個例子，她卻笑著說我就是最好的例

子。越講我越糊塗了，我明明才是最倒楣、最「衰」的例子啊！

我跟婆婆說：「好難懂喔！」

她拍拍我的肩膀：「不要想太多了啦，你看看這塊田，雖然有人會來幫忙拔除雜草，但很多時候還是得和雜草共生，你現在只要學會怎麼和雜草共處就好了。」

「啊？什麼？」

「喔，應該說如果你學會了就會變成菜，如果學不會就會變成雜草。」

「怎麼越說越難懂，那我現在到底是菜還是雜草？」

婆婆笑了，開心地笑了：「你現在當然是菜，而且還是好菜呢！」

這次我總算有聽懂她的雙關語，也跟著笑了出來。

「那我考妳，蘿蔔是不是菜？馬鈴薯是不是菜？那番茄呢？……」

我們沿同路回家，邊走邊聊天，都在講一堆青菜、植物的問題，發現婆婆對這方面非常了解，簡直就是蔬菜植物達人，我手上雖然多了提袋，但步伐卻變得輕鬆。不過我仍然注意到，婆婆雖然在跟我說話，但還是不停東張西望，好像在找什麼東西，還是在觀望什麼。

「妳在找什麼嗎？」我終於忍不住問她。

她突然停下腳步，跟我比了個前方的手勢，我依循她所指的方向看去，那邊有好幾棟大樓，騎樓下來來往往人潮頗多，我正想追問婆婆究竟要我看什麼，轉過身，卻發現她已不在身旁。

人咧？

我連忙四處張望，發現婆婆已經穿越馬路跑向對街。

「喂！」我喊著。

一切都來得太快，我想跟過去卻被多輛急速行駛的轎車打斷，只能站在街旁，眼睜睜看著婆婆迅速鑽進小巷裡。

6

籠罩烏雲裡

我是笨蛋，我是笨蛋。

通常只有在考試不及格時，這個念頭才會閃過大腦，但在婆婆消失的那一瞬間，深深覺得自己是道道地地的大笨蛋。怎麼會跟丟一個老人家呢？萬萬沒有想到婆婆的動作如此俐落。

到底發生什麼事情了？還是婆婆看見了什麼？

一切發生得太快，她的身影倉促消失在眼前，感覺很像在躲避什麼，該不會真如思齊猜測婆婆是通緝犯？

不過這個想法很快就被突如其來的驚嚇給打散了。

所謂的驚嚇，就是看見貓頭鷹女孩居然在我家樓下晃來晃去。轉進巷子口，一眼就看見穿著制服的她，對著我家窗口東張西望，害得我不知道該繼續前進還是後退躲起來比較好。

哎，對了，現在還沒有到放學時間，難道她也蹺課？雖然之前對她沒有太多印象，但看她外表就是一副好學生模樣，又是老師的小幫手，照道理說，她實在沒有理由這個時間出現在這裡。

正當我猶豫該前進或後退時，貓頭鷹女孩瞧見我了。

「江如俊！」她對我揮手，向我跑來。

我下意識倒退了幾步，最後還是忍下掉頭就跑的念頭。

「幹嘛啦！」

「你還好吧？我很擔心你耶，今天早上……」

「如果妳是要來講今天早上的事，那就不必了，我沒事，妳可以回去了。」

聽見她說擔心我，還真是讓人嚇一跳，老實說，還有些受寵若

驚，很不習慣。我緊張得根本不敢直視她的眼睛，尷尬地左顧右盼，幸好水果攤大嬸沒有探出頭來，也沒有其他人在注意我們。

「真的沒事？」

「對啊，妳以為會發生什麼事？我江如俊又不是溫室裡的花朵，沒看我人好好的站在這裡，再打上幾架應該也還撐得住。」

「打架？」貓頭鷹女孩兩眼又睜得圓圓大大的：「還想打架？你根本不是那些人的對手，那些人其實……」

「沒真正打過哪知道是不是對手。」我逞強說。

「你……很愛抬槓耶……真拿你沒辦法，害我白操心了……」女孩嘟起嘴，一臉莫可奈何，她從肩上將背帶拉下，打開袋子，拿出一包東西。「拿去！明天要來上學，還有記得離那些人遠一點。」

貓頭鷹女孩將東西遞給我，說完後就走。我打開袋子，發現裡面居然是營養午餐，就像阿美阿姨以前幫我準備的，這麼說……她是特地拿來給我？她怎麼會知道？

我吃驚地叫著：「喂喂，等一下，妳怎麼知道……」

「若要人不知，除非己莫為。」她對我伸舌頭、扮了個鬼臉：「還有，我叫李亭瑄，不是叫喂喂。」

*

阿齡首先進門，看見我居然在家，隨即露出質疑的眼神。

「哥，你不是應該還在學校？還有輔導課啊？喔，蹺課，蹺課，你不是說不准蹺課的嗎？」她的右手指一直比著我。

完蛋了，簡直就是挖了一個坑讓自己跳進去。我當然不能說自己蹺課，這無疑是壞榜樣，以後怎麼告誡他們，可是我也不想說謊，說了第一個謊就會繼續說第二個，我不想變成像爸爸那樣的騙子。

「我今天有事，不是故意不到學校去的。」

「怎麼了？發生什麼事？」阿齡關心地問。

我故作輕鬆地說：「還不就一些青少年的煩惱事，等我處理好後就會去上學，妳不要擔心，趕快去寫功課，等思齊回來，就可以吃晚飯了。」

「嗯嗯……等等……」阿齡左看右看：「婆婆人呢？」

唉，這是第二個讓自己跳進去的坑，我一樣也不能說謊。

「我不知道她去哪裡了？」

「你沒有送她去警察局吧？」

「當然沒有。」

「那你為什麼不知道她去哪裡了？婆婆該不會是回家去了？她想起自己的家在哪裡了嗎？我還沒有跟她說再見耶……」阿齡一臉憂心。

「不，應該不是回家去了，她的東西都還在房間裡。」

「所以她只是自己出去走走而已嘍……」

婆婆應該記得自己家在哪裡，只是不知道有什麼苦衷沒辦法回去，房間裡的東西都還擺放得整整齊齊，她不像是那種不把東西帶走就離開的人，所以我相信她會再出現。

「應該也可以這麼說吧。」我回答。

得到婆婆並沒有離開的訊息後，阿齡總算願意回房間作功課。

沒多久思齊也回來了，看見我在家，他不像阿齡那樣驚訝，只是多看了我幾眼，淡淡地說：「你在家啊？」然後脫了鞋，便直接走回房間裡。

他們倆的個性一熱一冷，有時常想為什麼不互相中和一下多好

呢？

這世界上有好多事情也是這樣，媽媽為家付出努力太辛苦，爸爸卻是個投機騙子；寶珠姑姑過於天真不切實際，阿美阿姨卻是任勞任怨；有錢人房子大到像旅館，窮困的人連棲身之處都沒有；含金湯匙出生的富家子弟，要什麼有什麼，家裡有佣人照料，功課有家教指導，更討厭的是還長得高又帥，而我呢？

十四歲零六個月，一百五十七公分高，五十五公斤，臉上有三顆青春痘，小腿還有兩個疤記，沒學過任何才藝，也沒有什麼特殊專長，我是家中的主人也是佣人，同時還兼任管家，打掃洗衣、烹飪調理完全不行，但現在有兩個親愛的拖油瓶，正等我煮晚餐展現爛廚藝。

我學婆婆的方法將營養午餐重新組合，但無論怎麼弄來弄去，菜餚看起來還是死氣沉沉，豆腐變得更黑，青菜發黃，肉香也不知道揮散到哪裡去。勉強盛上桌，看來就是很失敗的作品。

阿齡一上餐桌就垂頭喪氣地問：「婆婆有沒有說什麼時候回來啊？」

思齊夾了就吃，沒有挑剔，見阿齡沒動碗筷，一反常態出聲斥責說：「哥哥已經盡力了，妳還想怎樣，可以填飽肚子，有東西吃就很好了，婆婆畢竟是外人，不可能永遠待在我們家。」

這次，被責罵的阿齡沒有像以前馬上頂嘴回去，她默默低下頭，身體微微顫動。

「我知道啊，只是……我只是……想要有人疼我們啊……不想看

到哥哥那麼辛苦、那麼累，只是想有人疼我們、愛我們啊……為什麼就這麼困難……別人都有爸爸媽媽愛，我也想要啊……」阿齡哽咽地說，淚水就快奪眶而出，但她咬著唇，努力強忍著。

我一直以為阿齡還不懂事，其實她什麼都懂。

不知道應該感到慶幸，還是悲哀，在這個應是無憂無慮的年紀，我們卻經常籠罩在烏雲裡，一個閃電、刮風，都讓我們感到膽顫心驚。

*

飯後，不像以往隨意懶散，思齊主動洗碗，我和阿齡收拾桌面，並將髒衣物放進洗衣盆裡，也許是大家已有婆婆終會離開的共識，自

己的家到底還是得靠自己維持，三個人默默做著手邊的事情。

然後，門鈴響了。

這個幾百年沒有發出聲音的門鈴突然響了，讓人有些錯愕，我還傻傻地望著門，阿齡卻早一步跑跳過去，趕急過去開門。

「一定是婆婆回來了！」她說。

可是打開門後，阿齡並沒有露出欣喜笑臉，而是一臉狐疑地轉過頭來看我，眼神投射出求救的目光。

我聽見一個熟悉的聲音說：「這裡是江如俊的家嗎？」

按鈴的不是婆婆，而是一個身穿墊肩洋裝、米粉頭、銀框眼鏡的大嬸，我的國中導師。這個驚嚇程度遠遠超過貓頭鷹女孩帶來的，我吃驚得說不出話來，連「老師」兩個字都喊不出來。

導師看見我，隨即露出慈祥笑容：「哎呀，你在家嘛！」

我警戒地看著她，站在門前，動也不動，心裡抱定主意，不能讓她進到家裡來，否則會被察覺家裡只有我們三個小孩，我雖然不夠聰明，但也看過電視新聞，知道一些基本常識，沒有大人或監護人保護的小孩，是會被送到某些機構，也就是說如果被發現我們的監護人姑姑不在家，那事情就嚴重了。

「嗯，老……師……妳好。」我緊張得緊握拳頭，放在大腿邊側，動也不敢動。

「江如俊……你還好吧？」

我想也不想脫口就回答：「很好哇，非常好。」

導師打量著我，並且靠過來察看我臉上的傷勢。「這些傷口和瘀

青是怎麼回事？」

我該怎麼回答呢？據實以告嗎？不成，事情鬧大會更麻煩，那些不良少年更加不會放過我，可是我又不想說謊，唉，怎麼這麼複雜，這世界變得好像不說謊就很難生存下去，我只好小心翼翼地挑選合適的字句回答。

「沒什麼，過幾天就好了，不礙事，是我自己不小心弄傷的。」

「是嗎？」

我默默地點頭。導師一句「是嗎」害我感到有些心虛，可是我也沒有說錯，確實是自己不小心招惹來的。幸好她沒有繼續追究，只是嘆了口氣。

「今天沒來上課，也沒有請假，之前也有過一次，我查過你以前

的紀錄，你不是那種隨意曠課的學生。」雖然她眼神溫和，語氣聽來卻十分強硬，彷彿非得從我這裡得到解釋不可。「發生什麼事情了？你能告訴我嗎？」

真希望什麼都能說出口啊，把我的煩惱和憂慮全都說出來，但是我知道那是不可能的。全盤托出的後果，不是我能負擔的，何況我相信導師對我的問題也是愛莫能助，何必說出來增加她的困擾。

我避開她的目光說：「我不想騙妳，老師，我不想說，但我可以保證以後不會無故缺席，這樣可以嗎？」

她沒有說可以也沒有說不可以，她想了一會兒：「我手邊的資料，裡面寫著和爸爸、姑姑同住，他們在家嗎？我能不能和他們見個面？」

阿齡不知道躲在旁偷聽多久，這時她突然從我身後鑽出來：「不在、不在，他們都有事出去了，我們很忙，要忙著做家事，婆婆等會兒就會回來了，老師，妳可不可以回去了？」

「婆婆？」導師不解地問。

阿齡年紀小說話不懂得分寸，我很怕她胡言亂語，說出一些有害無益的話，於是抓住她肩膀，硬是要她回房間去。

「我跟老師講話，妳不要插嘴啦，快回去寫功課。」

「作業早就寫好了，我在等你幫我檢查訂正功課，不過要先去洗衣服，然後思齊要我問你廚房那些碗怎麼放……」

阿齡越說越多，好擔心她說了不該說的話，洩了不該洩的密，真巴不得把她的嘴巴縫起來，現在不是囉哩囉嗦的時候，但只要我一拉

她，她就反抗，根本不肯乖乖聽話。

我們兩個人當場又拉扯了起來，完全無視導師的存在。我知道這實在很幼稚，可我真的拿阿齡沒轍，直到思齊在我們身後大喊：「鬧夠了沒！該適可而止吧！」

我們兩個都住手了。

思齊今天是怎麼了？好怪，他向來說話輕聲細語，就算斥責也是斯文型，很少大吼亂發脾氣，我甚至以為他是不會發怒的人，所以我和阿齡都嚇到了，活火山平常貌似安安靜靜，一旦爆發，冒出的岩漿則可奔流幾千里。幸好思齊只是漲紅臉、咬著牙，看得出來他很生氣，也很努力在壓抑。

氣氛變得很尷尬，我羞愧地低下頭，不該這麼幼稚，當著導師的

面吵吵鬧鬧，應該更有哥哥的樣子才對。偷瞄導師，她若有所思，表情複雜，猜不透在想什麼，大人總是這樣，他們的想法從來都不會輕易展現在臉上，有時他們說「你好乖」，其實是「笨」的意思，有時說「沒關係」，其實「內心很在意」，有時說「沒事」，其實真正意思是「給我記住」。

所以，她在想什麼呢？好奇怪的家庭？還是好窩囊的哥哥？好凶的弟弟？還是沒有規矩的家庭？

我們就這麼沉默了近一分鐘，導師終於開口說話了。

「沒關係，你們就去忙你們個人的事，我可以獨自坐在客廳等你爸爸或姑姑回來。」

說完，她開始脫下高跟鞋，準備進到家裡來。我慌了，急了，故

意擋在她面前，思齊和阿齡也很有默契地擠到我身邊來，這時我們三個團結地站成一排，就像排球擋球的人牆，意圖十分明顯，導師先是愣了一下，但很快就明白我們的用意，她隨即露出防備的眼神，表情也不再柔和。

「老師，可能會等很久，這樣沒關係嗎？」我說。

「沒關係，我可以等，總會回來的吧。」

唉，我很想直接對導師說：不會，不會有人回來的，就算妳等到半夜，等到天亮，爸爸和姑姑也不會回來，以前我們也這樣等過，所以知道那種煎熬的滋味，苦苦守候卻都得不到回應；後來，我們三個總算習慣了被人遺忘，思齊說只要沒有期待就不會感到失落，雖然我還沒有學會放棄期待，但至少已經學會適應失落；可是導師，我不知

道妳學會了沒有？

所以我不能讓步。

我動也不動，堅持不讓導師多跨一步，思齊和阿齡都支持我，可是導師也沒有退縮或是讓步的跡象，她跟我們一樣，很固執地站著。對，就像童話故事裡面白羊黑羊要過橋，走到橋中間卻相互不退讓，再這樣下去，我們統統都會掉下橋去嗎？

「我不懂。你們為什麼……」導師說。

「我也不懂，妳為什麼那麼堅持？」我說。

然後，事情突然爆發「戲劇性」大轉變，就在我們雙方相持不下，氣氛十分尷尬的情形下，從樓梯間傳來好大的笑聲。

「呵呵，你們在做什麼？玩老鷹抓小雞的遊戲嗎？」

7 我不想當騙子

婆婆回來了。

居然以如此戲劇性的方式登場，唉，我也不知道該說什麼，不過，薑果然還是老的辣，不過三言兩語，婆婆馬上就清楚狀況，她先請導師進來坐，又奉上茶，熱情地接待導師。

「請老師多多包涵啊，因為我之前有交代不能隨便開門讓人進來，孩子們怕被我責備，所以才會都擋在門前，不好意思啦。」

導師的態度明顯軟化，露出笑容。「我明白，我明白啦，我知道他們都是好孩子，還很會幫忙做家事。」

沒有弩張劍拔的氣氛，一切全在婆婆的掌控下進行，導師說明來意，婆婆則向她保證不會再讓我蹺課，既然得到了家長的允諾，任務圓滿達成，導師當然沒有繼續留下來的理由，熱茶都還沒有涼，她便

向大家告辭離開了。

警報解除，阿齡隨即衝過去緊緊抱住婆婆。

「啊，妳總算回來了。」

婆婆很快瞄了我一眼，眼神閃過一抹尷尬：「嗯，我去辦了點事情。」

經歷過剛剛的事情，心中產生矛盾，好像有把大錘子往我的頭頂重重敲了一擊，現在腦袋有些混亂。

很感謝婆婆的相助，若非她冒充親人，否則家中無大人的狀況鐵定穿幫，可是也因為如此，我們全體都說了謊，婆婆是好意沒錯，但卻是一場騙局，完全違背我堅持不說謊的原則，可是如果沒有這場騙局，我們三兄妹很可能就會被迫分離。

好矛盾、好複雜、好討厭。

「說謊」也有身不由己的時候嗎？

如果謊言可以讓事情圓滿解決，每個人都受惠，沒有人受傷，是不是就可以名正言順存在呢？還是說的當下很認真，但之後卻又改變心意，這樣算不算謊言呢？

這和阿爸每次回家都哀訴是不得已才說謊，不是故意欺騙我們的情況類似嗎？媽媽曾說她會永遠照顧我們，但最後還是自己先走了，這種情況也是嗎？

我的頭好痛。導師的離去並沒有讓事情告一段落，事實上，問題越滾越大。不單單是我有問題，連思齊也有，門一關上，他就大聲發飆了。

「妳是誰？憑什麼保證不會再讓我哥蹺課？」

婆婆大概沒想到思齊會發怒指責她，驚訝全寫在臉上。我也沒想到活火山剛剛只是暫時休息，現在又繼續爆發。

「我不知道妳在逃避什麼，但我曉得妳不過只是把這裡當作臨時的避風港，終究還是會離開，不是嗎？為什麼還可以這樣大言不慚向人許下承諾？妳不會心虛嗎？」

「我只是想幫你們……」

「不要講那種冠冕堂皇的理由，笑死人了，說不定妳等一下就會拍拍屁股走了，妳能保證什麼？又能實現什麼？不要隨便誇口自己做不到的事情，每個大人都一樣不負責任，嘴巴講一套、行為又另一套，真是虛偽！」

思齊越說越大聲，幾乎是用喊的，渾身都在顫抖，平日淡定的臉龐，現在卻漲紅扭曲，黑色鏡框不安分地上下跳動，突然覺得眼前的思齊好像換了個人，不是我熟識的弟弟。

他咄咄逼人追罵著：「妳沒有嗎？妳敢說妳不會離開嗎？」

婆婆鐵青著臉，說不出話來。

我們都知道思齊說的是事實，婆婆利用了我們，我們也利用了她的好意，但婆婆沒有必要承受我們多年來累積的抱怨，尤其是她剛剛才幫了我們一把，我知道她出發點是善意的。

「別再說了，思齊。」我忍不住出聲：「是我不好，不該隨便蹺課，讓導師跑來家裡，害大家虛驚一場。婆婆剛剛才幫我們度過難關，要不然我們現在統統得被送去安置。」

原本想安撫思齊的情緒，沒想到我的話卻像火上加油，他整個人更加暴跳如雷，右手指著我：「罪魁禍首當然就是你！自以為是家中老大，什麼事情都搶著要作決定，當初就不該讓爸爸再回到我們家，都是你幫他求情，媽媽才會答應重新接受爸爸，結果呢？騙子始終就是騙子，媽媽才會走上絕路，害我們現在連個依靠的人也沒有。」

「……你覺得是我害的……」

「你難道都沒有責任嗎？」他大吼：「你看看我們現在的下場，每天得向人家乞討剩菜，還得去偷過期麵包，天天要擔心房東討房租、沒繳水電費被斷水斷電，考試第一名又怎樣，還不是被同學譏笑是繳不出學費、營養午餐費的模範生，沒電腦沒手機就算了，天天穿著有怪味的衣服上學，鞋子、襪子又黑又臭，同學根本沒人敢靠近……」

思齊數落了很多事，我才知道他在學校的處境，原來與同學格格不入不是只有我，我們都陷入家庭困境與學校生活的衝突中，卻仍然得假裝一切都很好。

我怨恨老天爺，思齊卻怨我。

阿齡哭喪著臉：「你不要這樣啦，把大家都嚇壞了。」

思齊接著把矛頭轉向她：「妳也是，老愛耍性子，又愛胡鬧，難道都不知道家裡的處境嗎？我們三個人坐的這艘船，就快沉沒了。」

阿齡強忍的眼淚終於控制不住，她「哇」的一聲大哭衝向我，我只能緊緊抱住她。

臉色難堪的婆婆克制不住插嘴說：「別再說這些傷人的話，你會後悔的。」

思齊沒有聽勸，他就像被拉開引信的手榴彈，非爆炸不可。

「我真是受夠你們了！虛偽的虛偽，天真的天真，幼稚的幼稚，都是一群無可救藥的人！」

他握緊拳頭、情緒激動地朝我們每個人大吼後，然後走回房間，非常用力地將門關上。

砰！一聲巨響，接著是一連串砸東西的聲音。

＊

我幾乎整夜沒睡，胃隱隱作痛。

思齊將房門鎖住，阿齡只好去跟婆婆同睡，我則是躺在沙發上翻來覆去，喧鬧聲漸漸淡去，我仍然沒有睡意，一想到思齊對我的指責，就更加痛心。媽媽選擇離開不是我的錯，不能將阿爸的過錯算在我頭上，我只是一個小孩，我扛不起大人該負的責任。

說這些都無濟於事，就像我埋怨老天爺那樣，思齊也需要一個出口吧，如果這樣可以讓他心情恢復平靜，沒關係，就讓他怪我好了，我不會怪他的。

然而，我現在擔心的是，他一向是我們家中最理智、最循規蹈矩、表現最優異的人，現在連他都承受不了壓力，或許真如他所言，我們共同搭乘的船就快沉沒了，這樣的生活還能維持多久呢？

就這麼想著、煩惱著，一直到接近凌晨才睡著，不知道過了多久，睡夢中好像聽到聲響，我微微張開眼睛，窗外天色初亮，朦朧中好像看見思齊揹著書包離開家門的背影。等我稍微清醒，起身開門衝出去，早就不見他的蹤影。

經過昨晚的爭吵，思齊大概覺得很難面對我們吧，所以才一個人悄悄提早出門，不過沒有關係，等他放學回來，我會告訴他，我不介意他說的那些話，也不管這艘船究竟是不是要沉沒，我只想要我們在一起，我會想辦法讓我們在一起。

8 未來是什麼？

進教室後，導師看見我出現，露出欣慰的笑容，並且還刻意繞到我的座位旁，多站了一會兒。貓頭鷹女孩，喔，不，是李亭瑄，早自習的時候不斷轉過頭來看我，因為不知道該怎麼回應，所以乾脆一直低著頭，裝作沒看見，後來她終於忍不住丟紙條過來，上面寫著「烏龜，幹嘛不理我，不過看在你有來上學的份上，不跟你計較。」

其實我很感謝她，不曉得她用了什麼方法擺平那些不良少年，讓我今天很順利進到教室來，但我實在擔心遭人注目受到譏笑，只好默默將紙條收進抽屜。

導師照慣例又站在講台上「諄諄教誨」，並發下升學調查問卷，提醒我們模擬考就快到了，要用心好好準備，希望大家都能就讀理想學校，她在黑板前晃過來晃過去，醒目的米粉頭，讓我想起假日晚上

常去「光顧」的便利商店吉祥物，但她鐵定不會是我的吉祥物，我跟考試很無緣的。

前方同學傳來問卷，要大家填寫心目中的理想學校順序，我突然察覺到再過幾個月就要脫離國中生的身分，心裡一陣茫然，這單子上所列的學校清單，每個對我來說都是沉重負擔。

身旁同學們雀躍地談論未來可能就讀的學校，我卻連想也不敢想，哪來多餘的錢付學費呢？

房租已經連續兩個月沒有繳清，房東催促了好幾次，阿爸曾經答應這個月會付清，但他到底什麼時候會回來？萬一他不回來，我們三個一定會被趕出去的。

我把問卷對摺再對摺，然後放進口袋裡。

很煩，心情不佳，板著一張臉，沒人敢跟我說話，下課後惱人的耳語卻像小蚊子嗡嗡地在我四周亂飛，我隱約聽到他們提到我和李亭瑄的名字，這些人實在是閒閒沒事，聚在一起只會講線上遊戲打怪練功，再來就是愛把周遭的人湊對，聊一些是非八卦，但說起來也真讓人羨慕，生活重心僅是這些瑣事，其實也是一種幸福啊！想到這裡，我不想去破壞同學的「幸福」，所以只好對這些蜚語充耳不聞。

李亭瑄不斷轉過頭看我，我繼續低頭，並且將她傳過來的紙條全都放進抽屜裡，根本不敢打開。

一到中午，我馬上衝出教室去找阿美阿姨，她一見到我就笑：

「昨天東西有拿到吧？」

我馬上明白她微笑的原因，尷尬地點點頭。

「是個很可愛的女生呢！」

「只是班上同學啦！」

唉，真的是跳到黃河也洗不清，連阿美阿姨都誤會了。

她越笑，我的臉越紅，更是靦腆地說不出話來。接過溫熱的紙袋，我的耳根子已經紅得發燙，阿美阿姨摸了摸我的頭，感嘆地說：「如俊長大了！第一次見到你的時候還是小嬰兒，你看看，現在都長得比我還高了。唉，你爸爸靠不住，寶珠姑姑又不成器，弟弟和妹妹就只能靠你了。」

阿美阿姨的話讓我感到羞愧，我想起昨晚思齊的話，對自己越來越沒有信心。

「阿姨，我算好孩子嗎？」

「當然啊，你比你那些同學懂事穩重多了，我真希望我兒子將來也能像你這樣。」

「所以如果我出去找工作，人家應該會僱用我吧？」

阿美阿姨愣了一下：「如俊，你才幾歲？你要找工作？不行，不行，你應當要繼續讀書，讀職業學校也很好，學會一技之長，變得更成熟穩重，那時再出去工作也不遲啊。」

「讀書當然很好，但我不像思齊，不是讀書的料，書本那些字對我來說就像天書，我喜歡的東西都不在學校教科書裡，再說，如果阿爸和寶珠姑姑一直都沒有回來……」

「他們當然會回來啊，傻孩子，你阿爸和寶珠都是愛你們的。」

是嗎？

寶珠姑姑畢竟不是我們的媽媽，我們三個並不是寶珠姑姑必須擔起的責任，她有她的人生，她當然可以去追求想要的愛情，我們三個只會拖累她，沒有男人會想娶帶著三個拖油瓶的女人，更何況又不是親生的。

至於阿爸，我永遠都記得他偷偷離開家的那晚，整個人萎縮得像風乾的橘子，雙眼布滿血絲，下巴黏滿鬍渣，他翻箱倒櫃，搜刮家中值錢物品，若不是我太熟悉他的背影，鐵定誤以為是小偷入侵，但也因為知道是阿爸，才令我如此痛苦。

我對他大吼：「阿爸，你在做什麼？」

他卻像著了魔似的將我推開，阿爸八成是吸了毒，眼睛像黑洞，彷彿被異體附身，我的力氣當然沒有他大，被他像扔皮球那樣砸向牆壁幾回後，我累了，也倦了，連斥責的話也發不出聲來，只能躲在牆角。

家裡還剩下什麼貴重東西嗎？不就早已空空蕩蕩，我很想笑阿爸笨，但卻笑不出來。

阿美阿姨不知道這些事，我也不打算說，阿爸到底愛不愛我們，只有天曉得，而我已經不想知道了。

離開前，阿美阿姨又特別再三叮嚀：「不要想太多了，好好讀書，想想自己將來想讀什麼學校，知道嗎？」

我點點頭，表示知道，但心裡其實很清楚，點頭只是為了讓阿美阿姨放心罷了。

＊

從口袋掏出那張調查問卷，摺成紙飛機，我站在花圃高台，將它朝遠方藍天射出去。紙飛機先是直線飛出去後又轉了兩個圈，落在不遠的泥土地上。看來它跟我一樣，也是走不遠的。

我繼續發呆，不知從哪裡冒出來的李亭瑄撿起紙飛機，走了過來。

「幹嘛一整個早上都不理人啊？」

她很自然在我旁邊坐下，我直覺把身體往另邊挪，下意識的舉動，卻招來她的白眼。

「你當我是病毒細菌啊？昨天給你的午餐怎麼敢吃？」

「這樣位置寬一點不是比較好嗎？」

「好啦好啦，就是愛抬槓，拿你沒辦法。我是來問你為什麼沒有交調查問卷，導師還不知道，不過等她知道了，八成會找你約談的。」她邊說邊玩弄著紙飛機，很有興趣打量著：「哎，紙飛機你摺的？手好巧，很別緻，跟我以前看的不太一樣耶……」

不過是把小時候阿爸教我摺紙的方式摺出來罷了，哪有什麼特別的？

「紙飛機不都這麼摺的嗎？」我說。

「才不呢，這紙飛機看得出機頭，機尾和機翅的形狀很漂亮。誰教你的？這人真厲害，我阿公也很會摺這些東西，但就沒這個漂亮。你再摺一個送我，可以嗎？我拿回去給我阿公研究。至於這張……」

李亭瑄果斷地將紙飛機拆解，恢復原本紙張的面貌。

「妳……」

「還是把問卷填一填吧，以免老師找你麻煩，就隨便填一個學校，即使上不了也沒有關係，也沒有人會太認真看待，不過就做做樣子，你何必就這樣耍性子，跟自己過不去了？」

「我才不是耍性子！隨便填一所學校做做樣子，跟不寫又有什麼兩樣？我就是不想交。」

她繼續不死心地說：「別這樣啦，全班就你一個沒交，又不是考卷，也不會影響成績，不要給自己找麻煩了，都讀到三年級了，怎麼還不懂在學校的生存之道呢？非得撞到鼻青臉腫的嗎？」

問卷、問卷，到底有多了不起，不過就一張虛偽的紙，為什麼非

填不可，還跟我扯什麼學校生存之道，真實世界都快沒飯吃了，實在是不食人間煙火的傢伙，那些話讓人聽了很火大，我一把抓過那張發皺的紙，用力撕碎。

「你幹什麼啦……」她驚呼。

「做我該做的事情，剛剛就應該丟進垃圾桶的。」

李亭瑄連忙一一拾起被撕裂的碎片：「我只是想幫你的忙，上次蹺課，導師對你的印象已經不好了，加上又不準時交作業，你知道你是被盯的黑名單嗎？你老是獨來獨往，跟同學也相處不好，常有人在背後說你壞話，你難道都不知道嗎？」

「無所謂。」

「怎麼可以無所謂，又不是只有你一個人活在這世界上。就算你

無所謂，可是別人有所謂啊！」

我才聽不懂什麼無所謂、有所謂，只覺得被李亭瑄這麼一說，好像都是我的錯，為什麼每次碰到她，我都有深深的罪惡感。

「可不可以請妳不要再多管閒事！妳喜歡當張老師、生命線、志工，很好、非常好，但我不是需要救援的對象，不要再把我當實驗品了，好嗎？」

「你幹嘛那麼生氣？該生氣的人應該是我才對啊，好心沒好報……」

我不知道自己為什麼突然冒出一肚子火，為什麼連胸膛內也感到怒火從中燒，是忌妒嗎？忌妒別人都可以瀟灑自如填寫任何一所學校，還是覺得一直被她憐憫而感到自卑？

在李亭瑄面前，我好像永遠都是那個需要被拯救的人，實在很討厭這種感覺。

「妳生氣啊，我又沒有阻止妳生氣，總之，以後我們井水不犯河水，把妳的愛心和注意力移到別人身上去吧！」

我以為她會反駁，譬如罵我笨蛋或是忘恩負義之類的，或是像第一次那樣狠狠踹我一腳，可她就只是咬著唇、握緊拳頭，睜大眼睛瞪我，彷彿我是外星怪物似的，一句話也沒有說，這下反而換我不知所措，就好像我真的成了不知好歹的負心漢。

過了一會兒，李亭瑄終於下定決心不再瞪我，而是將剛剛拾起的調查問卷碎片全部扔向我。

白色縫隙中，我看見她伸出右手摀著嘴，轉身掉頭離去。

9 自以為是的真實

如果真有世界末日，今天大概離那天不遠了。

回家後，婆婆還在，阿齡也很正常，可是思齊還沒有回來，內心還是有些憂慮。婆婆看出我的憂心，安慰著說：「他是個聰明的孩子，給他一點時間冷靜思考，想清楚後，就會回來了。」

時間慢慢過去，我的焦慮越來越嚴重，深信他會回來的自信也隨時間消逝而流失，我開始有這樣的想法：思齊是個聰明的孩子，懂得如何在外面生存，所以會不會就這樣乾脆不回來了？

晚上九點一過，我又有更壞的想法：思齊該不會是發生意外，受傷喪失了記憶力，所以回不了家？

我越來越坐立不安，無論是哪種情況，只要沒見到他，我就無法停止焦慮。

「你有沒有他好朋友的電話？」婆婆問。

別說好朋友，就連一般朋友、同學，甚至是導師的電話，我統統不曉得。思齊向來不喜歡提學校和朋友的事情，他不愛說話，我也很少問他。對於婆婆的問題，我只能搖頭。

「你知道他平常喜歡去哪些地方嗎？」婆婆問。

「思齊假日根本足不出戶，都是窩在房間內看書，除了學校、圖書館外，我想不出其他地方。」

婆婆沉思了一會：「這樣吧，我幫忙聯絡學校，請導師幫忙詢問同學，你到學校附近找找看，阿齡就在家附近找，我留在家裡等候消息。」

好像也只能這樣。

我一路跑，一邊張望四周，急切地想從路人中搜尋到熟悉的面孔，雖然到學校的路途並不遙遠，但這短短幾分鐘對我來說，卻是非常非常漫長難熬，每個臉龐都是陌生的，每個詢問也都是落空的。

思齊，你到底去哪裡了？找遍附近所有商店，都不見他的人影，失望之餘，我無計可施，只好垂頭喪氣走回家，並祈禱回家後能聽到好消息。

「有找到他嗎？」我一進門就問。

看見婆婆和阿齡沉重的表情，我已經知道答案。

然而糟糕的事並沒有結束，回到家都還沒有坐下，思齊學校老師接著找上門來。思齊導師說出令我們難以置信，簡直是晴天霹靂的實情。

思齊根本沒有去上學！

「思齊這學期開學後沒多久就沒有到學校來了，我們嘗試找他，卻發現他留下的資料全都是捏造的，他以前在校成績優異、表現良好，所以沒有人察覺到有異樣，一直到缺課後詢問同學，才知道他向來寡言，鮮少與人交談，下課後隨即離校，根本沒有人知道他的住處，要不是接到你阿嬤的電話，我們還不知道思齊就住在這裡，而且妹妹也在本校就讀……」

我們真的成了住在地球的外星人。

婆婆指責學校太過消極，太過馬虎，導師也只能回應校方一切都按照規定處理，由於校內學生太多，每個人狀況不同，很難面面俱全；老實說，我不在乎學校怎麼想、怎麼做，我在意的是思齊到底發

生什麼事情？為什麼表現一向優異的他會選擇逃走？更糟糕的是和他住在同一屋簷下的我，居然完全不知情。

學校老師都走了之後，整個房子陷入寂靜，就像掉進泥沼裡，之前還覺得今天大概離世界末日不遠，但此刻應該就是末日了吧，我的世界崩潰瓦解了，不知道該相信什麼，我還能做什麼，覺得自己彷彿被蜘蛛網牢牢裹覆，再也沒有力氣伸出任何一根手指頭。

婆婆在旁打氣鼓勵，她說不會有事的，等思齊想通了，他自然會回來。

阿齡展現了超齡舉止，她走過來抱住幾近倒癱的我，輕聲地說：

「你還有我啊！」

但我什麼都聽不進去了，覺得自己好像在那一刻突然急速長大成

人，跨進無趣、枯燥、矛盾、惱人的世界，然後因為過程太混亂，全身疲憊，累到體內將所有的感觸自動關閉，就像電視裡常出現的畫面，急救無效後，心跳顯示器的數字驟降，最後趨於一直線，只剩下儀器嗶嗶嗶的叫聲。

*

答應別人的事就一定要做到。

為了遵守約定，不想變成騙子，我拖著猶如遊魂的身體去上學。

課堂上老師的聲音全都化成了蚊子的嗡嗡叫，在遠方繞呀繞，我看著窗外，腦袋卻想著思齊可能正在做什麼？他會覺得更自由了？還是解脫了？他會不會想我和阿齡呢？

由於心不在焉太過明顯，被講台上的老師糾正好幾回，我一副愛理不理的態度，惹火了老師，結果被叫出去走廊罰站。我當然沒有聽話罰站，而是把手插在褲子口袋裡，一個人晃呀晃地往操場走去，沿著跑道不停地走，不知道走了多少圈、鐘響了多少次，直到導師出現在我面前，才停下來。

她苦口婆心說了很多話，表情看來很誠懇，可是我都沒有聽懂，大概是沒有看到我點頭或低頭認錯，最後被領到辦公室罰站，她說要我面壁好好思考自己的行為舉止是否恰當。老實說，根本不知道該從何想起，我沒有不尊重老師的意思，沒有答話是因為不曉得該怎麼回答，又不敢直視眼睛，所以只好轉頭望窗外，如果因此認定我態度惡劣，那我也沒有辦法啊，畢竟那是她的大腦不是我的。

中午，我沒有去找阿美阿姨，因為不敢見她。

放學時，李亭瑄意外出現在我的視線，可是她好像並沒有打算跟我說話，只是安靜走著，一下子在我的右邊，一下子在我的後面，我偷偷用餘光瞄她，總是看見她正好將眼光移開。

不曉得她的意圖，我只好繼續走，還沒到家前巷子口，就看見水果攤大嬸東張西望，一見到我就回頭大喊：「小妹妹，妳哥哥回來了，我看見他了！」

水果攤大嬸激動地衝過來說，剛剛有人從隔壁巷子正在施工的大樓樓頂跳下來，要我們兄妹倆快點過去看看。

過去看看是什麼意思？我愣了一下，不懂為什麼要我和阿齡過去看人家跳樓，沒想到大嬸毫不留情劈頭就說：「去看看是不是你弟

啊！」

怎麼可能！

我想也不想直接就否定，思齊再怎麼任性糊塗，也不會做這種事情，他雖然個性古怪孤僻，但絕不會作出這種決定。

大嬸看我動也不動，心急地嚷嚷說：「人家說自殺會遺傳，你弟說不定遺傳了你媽想不開，然後就……」

我被狠狠地當頭棒喝，甚至有些眼冒金星。

雖然有百般個不願意，也認為不可能，但最後還是以參加百米競賽的速度朝大嬸所說的大樓工地跑去，連阿齡的手都忘了牽，也沒聽見她在身後的呼喊，耳邊只有咻咻風聲和噗通噗通的心跳。

施工大樓四周已圍起黃色警戒線，紛亂交錯人影中，看見有人躺

在地面、有人跪在地上哀嚎，因為有點距離，完全看不清楚，我靠過去想看清楚，警察叔叔檔在我面前。

「小孩不要靠近，快走開！」警察揮著手。

我心臟跳得很快就要迸裂，急喘著說不出話來。婆婆、阿齡和李亭瑄從我身後趕來，婆婆一把抓住警察的手臂，急忙問：「跳樓的是誰？幾歲的人？男的還是女的？」

警察回答說：「是中年婦女啦，不要待在這裡看熱鬧，快點走開！」

不是思齊，我知道不會是他的。

緊繃的情緒一鬆懈，我雙腿一軟，倒跪在柏油路上。警戒線攔不住淒厲的哀嚎，那刺耳椎心的哭泣聲一波一波如浪潮拍打在心上。我

抬頭仰望那深入雲端的高樓，好遙遠的距離啊，究竟是什麼原因驅使那婦女往下跳呢？為了什麼事情憂愁想不開呢？跳下去後真能一了百了嗎？

我凝視著哭泣者的背影，想起了媽媽，想起了痛楚，媽媽和那名跳樓的中年婦女一樣，選擇提早結束自己的生命。生命還在的前一刻，她們在想什麼呢？媽媽有想到我嗎？

媽媽落跑，寶珠姑姑落跑，阿爸落跑，現在連思齊也落跑，難道這樣就能解決問題？大笨蛋，你們通通都是大笨蛋，問題並不會消失，而是全都落在我頭上。真是太過分了！

人究竟是為了什麼活著？我又是為了什麼活著？

再也控制不住自己，開始嚎啕大哭。我受夠了、受夠了，我被眼

淚、口水噎住，哽咽地難以喘氣，可是我停不下來，沒有辦法控制眼淚，眼前一切全都模糊了。

顫抖中，有人拍我的背，有人拉我的手，有人抱著我。他們的雙手好溫暖，好似甜而不膩的棉花糖，那般讓人感到窩心，我知道人生不可能真空，當然也不會一直苦澀，有些時刻，也會收到一顆糖。

10 為自己而活

「我以為妳不理我了。」
「是啊，要不是阿美阿姨來拜託我，哼哼，我才懶得理你咧。」
李亭瑄對我扮了個鬼臉。雖然嘴巴說還在生氣，但臉上卻充滿笑意，加上剛剛留下來跟我們一起吃晚餐，我想她應該原諒我了。
婆婆說冤家宜解不宜結，更何況她還特地為我送東西來，說什麼我都應該要送她回家。說也奇怪，大哭後，心情好多了，這種送女生回家的事情，我居然沒有抗拒，乖乖聽從婆婆的話。
李亭瑄要我幫她揹書包、拿餐盒，然後她就在馬路上哼歌，踮起足尖跳起芭蕾舞來，她真是個瘋瘋癲癲的人，可是看她樂在其中，也沒有妨礙到別人，好像也沒有什麼不好。
「喂，我說江如俊，你想不想學跳舞啊？」

「我？別開玩笑了。」

「好吧，不說跳舞，你總該也有想學、想做的事吧？」

「應該有，但之前我好像都沒有想過。」

李亭瑄笑了：「你現在可得要好好想想了，我問過導師，她說有一些學校跟企業建教合作，邊讀書邊學技術，還可以賺學費，很適合你。」

「真的嗎？」我說。

「當然是真的，我騙你幹嘛，誰叫你不分青紅皂白就亂撕調查單，我只好硬著頭皮去幫你問啊。」

除了驚訝，還是驚訝。

「我好像什麼事情都瞞不了妳。」我難為情地說。

她停下腳步，不再跳舞。

「我說……江如俊，你真的都不記得我是誰？」

「妳是我同學啊……」

「哎喲，我們早就見過面了。你竟然忘記了，唉。」李亭瑄雙手插腰：「兩年多前，在你媽媽的葬禮上，我媽媽的葬禮就在你們旁邊……」

我驚訝地大叫：「妳就是那個哭得淅瀝嘩啦的女生……」

我想起來了，那時我不想被人看見，於是躲起來哭，誰知道後來有個哭得更悽慘的女生也擠進來，當時我想反正是陌生人，被她看見也沒有關係，我們兩個就藏在裡面哭了好久好久。

「你真遜，我在學校第一次看見你的時候就認出來了。」

「拜託，妳哭得臉都皺成一團，我哪認得出來啊！」

李亭瑄用力推了我一把：「真是的！你也該學學講話經過一下大腦好嗎！」

「沒辦法，我又不是聰明人。」

「拜託，這跟聰不聰明沒有關係，要有點自信，好嗎！當年葬禮哭完後我就馬上就振作起來了，當時看你哭成那樣，我就想天底下又不是只有我一個人失去媽媽，接下來我要把媽媽沒能做到的事全都一一完成。結果你咧？我可是注意你很久很久了，後來實在是看不下去才幫你一把，哎，你未免自哀自憐太久了吧，該醒醒了，你媽媽不會喜歡你現在這個樣子，你的人生該由你自己決定，你是為自己而活。」

是啊，媽媽不會喜歡我這樣，我也不喜歡。這麼簡單的道理，之前怎麼都想不透，我應該為自己而活，做自己想做的事。

我傻傻地笑了：「以前都沒有想到。謝謝妳。」

聽見我的道謝，李亭瑄反而有些不好意思：「唉呦，這樣一點都不像你耶。」

心情輕鬆多了，但卻也有點淡淡悲傷，是什麼樣的感覺呢，我說不上來，就好像大風吹斷了正在拉扯的風箏線，看著風箏越飛越高、越離越遠感到若有所失，但另方面卻覺得風箏不在手上，總算可以鬆了口氣。

「哎，看來我要做的事情還真多。不過……」我看了看李亭瑄，然後笨手笨腳地試著將腳尖立起：「先從墊腳尖學跳舞好了。」

她捧腹大笑：「夠了夠了，我剛是開玩笑的，你千萬別再跳了，再怎麼跳也跳不成王子啊！」

我知道，我當然知道，我並不想當王子，只是想逗她笑罷了。

＊

我決定做一些意外之事。

首先，要把思齊找回來。思齊是聰明人，他若真想躲藏起來，我們是找不到的，但不能因此什麼都不做，等候太煎熬了，我決定開始積極行動。

隔天，李亭瑄放學後就到我家，商量後決定先製作尋人海報和宣傳單，阿齡從相簿中尋找合適的相片，我構思文字再加上李亭瑄的巧手畫上插圖。

婆婆一旁進進出出，不時探頭，表情疑惑，欲言又止，最後她終於忍不住開口問：「這樣有用嗎？」

「不試試看怎麼知道。」我說。

利用身上剩下的一點錢，拷貝了大量的宣傳單，並且將尋人啟事的海報送到思齊學校，以及他可能出現的公共場所張貼，令人意外的是思齊導師收到我們宣傳單後，也號召同學們一起協助，有的幫忙發放宣傳單，有的則是幫忙利用網路發布轉貼。

幾天下來，仍無音訊。

但我們沒有灰心，繼續放學後製作宣傳單，並想辦法擴大發放範圍。

尋人啟事
啟事

婆婆在旁觀察我們很久，她又忍不住說話了。

「好像沒用，是吧？都沒有動靜。」

「才剛開始。」

「就算思齊看到了宣傳單，但他若是不想出現，不就是白忙一場嗎？」

「也許吧，但今天做這些事不單是為了思齊，也是為了我自己。過去，我總以為我們三個人是孤零零生活在這世界，反正不會有人在乎我們，所以什麼事都覺得無所謂，只要能活下去就好，可是我不想再這樣下去了，連自己都不在乎自己，怎麼還能指望其他人在乎呢！」

「是嗎？」婆婆若有所思。

「這幾天，有越來越多的人願意幫忙尋找思齊，就是最好的證明，婆婆，真的，這陣子讓我領悟到接受別人幫忙並不可恥，如果因此可以改變我的人生，我相信有一天我也會有能力幫助別人。」

「你難道不擔心會被發現家中沒有大人，之前不是非常害怕因此被拆散？」

我苦笑：「到現在我還是很擔心，不過，誰知道呢？說不定事情到後來還會出現轉機，現在我只希望能讓思齊知道，我們很想他，我們要他回家。」

我的話好像讓婆婆想到了什麼，她泛著淚光，嘴角微微抽動著。對喔，我這才想到婆婆也是個離家的人，雖然到現在她都還沒有說出離家原因，但經過這些日子的相處，我知道她必定是有苦衷的。

婆婆溫柔地注視著我：「很高興看到你長大了，孩子，老天會祝福你的，不會對你一直視而不見的，我發誓。」

11 我要我們在一起

最後是警察先生找到思齊，他躲在公墓裡，因偷吃祭拜貢品而被找到。

婆婆帶著阿齡衝到學校來找我，告訴我這個消息，我立刻向導師請假，飛奔到警察局。

當我們趕到時，思齊正狼吞虎嚥吃著便當。他的頭髮長了些，臉頰凹了點，衣服髒兮兮的，像是從煤炭坑裡走出來似的。他一見到我們，立刻擱下便當，難為情地低下頭。

他大概以為我會大聲斥責怒罵，或者來個拳打腳踢，那些在夢裡已經做過好幾次了，所以現在我一點也不想。我走到他身旁，推了下他肩膀，高興得快飆出淚來：

「你這傢伙，躲在公墓裡？虧你想得出來，服了你。」

阿齡哭著說：「我好想你……」

思齊偷偷用餘光瞄我們。

「你們……沒生氣？」

「我當然氣啊，怎麼不氣，氣你這傢伙竟然先棄船而逃，氣我自己不中用，為什麼找不到你，我們是鐵三角，缺一不可的啊，思齊，我不想再失去親人了。」

思齊偷偷拭淚，哽咽地說不出話來。

其實我早就不生氣了，想再見到思齊的渴望勝過一切，他的消失讓我明白他和阿齡對我的意義，將來無論遇到什麼樣的難題，只要他們都還在我身邊，就沒有什麼好擔心害怕的。

所以我不想追問思齊離家的原因了，在我看見他的那一瞬間，便

午後雷陣

明白那已不重要了。我輕拍他的肩膀：「快點吃吧，飯菜要涼了。」

警察先生對婆婆說他必須要做一些紀錄，才能讓我們回家。思齊很快地抬頭看我們一眼，心虛慌張地低下頭去，阿齡緊張地抓著我的手，我們三個人都不敢吭聲。

該來的終究還是要面對。

他問婆婆說：「妳是他們的外婆還是祖母？」

這次婆婆並沒有像上回那樣爽快回答，她若有所思地看著我們，最後才下定決心說：「不是，我只是他們的朋友。」

我對婆婆的回答並不感到意外，但卻讓警察先生大吃一驚，原本謄寫紀錄的筆從手上掉了下來，他彎下腰拾筆，卻沒拿好，讓筆又滾了好幾圈，最後他得離開座位，蹲下身來尋找，好不容易才在鄰座的

椅子下找到。

「嗯，這個……」警察先生望了望婆婆，然後又轉頭看了看我們三個：「只是朋友？我還以為……沒關係，你說你叫江思齊，那……這個是……」

現在是該我出面的時候了，我鼓起勇氣主動說：「我是哥哥江如俊，她是妹妹江美齡，我們家一共三個小孩。」

「爸爸或媽媽呢？你能不能打個電話請他們到這裡來一下？」

「爸爸，早就落跑躲債去了，至於媽媽……就更困難了，我不曉得天堂的電話號碼，如果知道，我早就打電話過去了。」

警察先生停頓了一下：「那……家裡還有沒有其他大人？」

我指著自己：「我就是最大的人了。」

我的冷笑話果然很冷，警察先生的表情有點難堪，他站起身來，說了一句「請等一下」，便走到另一頭的辦公室去。

現在只剩下我們四個人了。

「我知道你們不會希望我說謊的，對吧？」婆婆微笑地望著我們：「從你們身上我學到了寶貴的一課，謝謝你們。」

我不知道婆婆所謂寶貴一課指的是什麼，我只知道從現在起，我們要跟婆婆分道揚鑣了，其實心裡早就曉得終會有這麼一天，但沒想到竟然會如此不捨，阿齡撲過去緊緊抱住婆婆。

「我要謝謝妳，婆。」阿齡說。

「婆婆，我們才要謝謝妳過去幾天來的照顧，讓我們重新又有家的感覺，不管以後遇到什麼樣的遭遇，我都有勇氣承擔面對，妳不用再擔心我們了。」我說。

一直沒有吭聲的思齊居然哭出聲了，他邊拭淚邊說：「對不起，是我太任性、太自私了……」

從小到大，我只有在媽媽葬禮上看見思齊哭過，他總是把自己的情緒隱藏得很好，這次我想他是真的非常難過，離家應該讓他吃了不少苦頭，也許因為這樣，才體會到家裡的好，然而如今這個家可能就要保不住了，一想到此，我不免也有些鼻酸。

警察先生再次出現時，身旁多了好幾個人，思齊學校導師來了，我的女導師居然也出現了，當然還有社工人員和警察阿姨，突然出現這麼大陣仗的人馬，還真有點可怕。

他們嘰哩呱啦、嘰嘰喳喳，對話的內容不外乎就是要如何安置我

們，社工人員和善地向我們解釋一大堆法條、規定，但我說：「我明白，但我們三個想回家，以前我們就過得很好，以後會過得更好。」

我牽著阿齡和思齊想離開，卻被這群大人團團圍住，他們再度嘰哩呱啦、嘰嘰喳喳，甚至有人試著要將我們拉開。

「不！」阿齡哭了。

我們不想聽這些大人的話，而大人們也不理會我們的要求。

情況混亂中，婆婆硬是擠到我們身旁，張開雙臂保護著，她像是宣誓般大聲地說：「我願意成為他們的暫時監護人！」

噪音停止了，四周恢復安靜，所有人注視著我們和婆婆，而我們三個則難以置信地抬頭望著她。

「不是一時興起才這麼說的，思齊沒有回家的那個晚上，這個念

頭就出現在我心中。其實我應該感到羞愧的，年紀都一大把了還逃家，半路上遇見親人也躲躲藏藏的，好像我得了憂鬱症是什麼見不得人的事情。看著你們讓我明白，人只要活在這世上一天，無論是怎樣的心情都得由自己來承擔，逃避不得的。」

真的很意外，雖然我能理解婆婆的心情，但並不確定這樣的想法是好是壞，倒是覺得自己好像在做夢，不然為什麼好像聽見了遠方海潮聲，還有清脆風鈴叮叮響，甚至還聞到了冰淇淋的味道。

「我是認真的，我不會輕易許下無法做到的承諾，我會想辦法找到你們的父親和姑姑。」婆婆堅定地對我們說：「也許會有點困難，可能也會需要一點時間，請給我機會，好嗎？先讓我的律師去跟他們談談。」

「律師！」我們三個人睜大眼、異口同聲地說：「妳有律師？」

「當然。」她溫柔地笑著：「我還有一間很大的園藝公司。」

阿齡驚呼：「妳是老闆！」

這一切來得太突然了，完全沒有想到會發生這種事。

我結結巴巴地說：「太……不可……思議了……」

「你們不需要馬上作決定，還有的是時間思考，至少在這段時間裡，我希望我們能在一起。」婆婆說。

聽見可以在一起，我笑了，這正是眼前我最需要的。

儘管家庭再怎麼殘缺，生活再怎麼疲憊不堪，那都只是一個過程，如果內心因此被擊倒崩潰，那才會是終點。我不想再睜一隻眼閉一隻眼看這個世界了，媽媽離開並不代表這個家就要解散。

我們才正要開始。

就讓那些嘰嘰喳喳的大人們去爭論吧！

窗外天空晴朗無雲，四周清澄無比，真實的光景更讓我清醒知道這一切不是夢境，等候律師到來的同時，我們緊緊牽著彼此的手，這時，阿齡突然問婆婆：「妳家冰箱裡有冰淇淋嗎？」

然後，她又開始說起自己的天真夢想。

九歌少兒書房 231

落跑這一家

著者　陳維鸚
繪者　李月玲
責任編輯　鍾欣純
創辦人　蔡文甫
發行人　蔡澤玉
出版發行　九歌出版社有限公司
臺北市八德路3段12巷57弄40號
電話／25776564・傳真／25789205
郵政劃撥／0112295-1
九歌文學網　www.chiuko.com.tw
印刷　晨捷印製股份有限公司
法律顧問　龍躍天律師・蕭雄淋律師・董安丹律師
初版　2013（民國102）年12月
定價　**260元**

書號　0170226
ISBN　978-957-444-915-6
（缺頁、破損或裝訂錯誤，請寄回本公司更換）

國家圖書館出版品預行編目(CIP)資料

落跑這一家 / 陳維鸚著 ; 李月玲圖. --
初版. -- 臺北市 : 九歌, 民102.12
面 ;　公分. -- (九歌少兒書房 ; 231)
ISBN 978-957-444-915-6(平裝)

859.6　　102021402